D. Jango

AF220258

Meine Frau, ich und die anderen.

Eine lustvolle Reise mit wechselnden Begleitern

D. Jango

Meine Frau, ich und die anderen

Erotik

Impressum

Bibliografische Information der Deutschen Nationalbibliothek:
Die Deutsche Nationalbibliothek verzeichnet diese Publikation in der
Deutschen Nationalbibliografie; detaillierte bibliografische Daten sind im
Internet über http://dnb.dnb.de abrufbar.

© 2022 D.Jango

Herstellung und Verlag: BoD – Books on Demand, Norderstedt

ISBN: 978-3-7543-1096-0

Widmung

Gewidmet meiner geliebten Ehefrau, mit der ich die auf den folgenden Seiten erzählten Episoden erleben durfte.

Inhaltsverzeichnis

BCC

Zahnarztbesuch – Revival

Das erste Mal fremdgegangen

Der widerspenstige Hausfreund aus der Bar

Halloween die 1.

E & L 5.0 (unsere erste)

Städtereisen – aller guten Dinge sind vier

E & L 6.0

Der Hausfreund

Der Besuch

E & L die dritte

Die Attraktion des Abends

Scharf gemacht

Mit dem HF im Swingerclub

Anale Freuden mit dem Hausfreund

Fasching

Stramme Steirer

DP bei der Silent Party

Im Osten nichts Neues

Die Ehefrau auf Beutezug

Besuch aus Paris

Schluss (ist noch lange nicht)

Vorwort

Wir befinden uns gerade im Keller eines geschmackvoll eingerichteten „Kleingarten" - Hauses in einer doch gehobenen Gegend in Wien. Ich betrachte meine Ehefrau, deren Werdegang vom sexuell aufgeschlossenen Teenie zur geilen Ehenutte sich der geschätzte Leser auf den folgenden Seiten zu Gemüte führen kann, wie sie soeben von einem schlanken, dunkelhaarigen Anfang - Fünfziger von hinten durchgefickt wird. Dem Schmatzen Ihrer Möse und Ihrem Stöhnen nach dürfte es ihr außerordentlich gut gefallen, jenen Schwanz, den sie vor einigen Wochen bei einer kurzfristig angesetzten Herrenüberschuss - Party im Herzen der Stadt schon einmal in ihrer geilen Fotze gehabt hatte, wieder tief in ihr zu spüren. Diesmal aber ganz in Ruhe ohne Zuseher und wartenden Möchtegern – Mitspielern und ganz exklusiv für sie allein.

Doch wie kommt ein durchschnittliches Ehepaar dazu, dass es sich einen Dritten (oder zeitweilig auch Vierten und Fünften...) dazu holt, um die Ehefrau in allen möglichen Varianten herzunehmen? Noch dazu während sich der Ehemann das alles ansieht, zeitweise auch filmt und sogar höchst scharf findet? Die Geschmäcker und sexuellen Vorlieben sind eben genauso verschieden wie die Menschen, die es miteinander treiben. Während es für das Gros nie vorstellbar wäre, den Partner gerne hie und da mit anderen teilen würden und auch noch Lust dabei zu empfinden, leben Leute wie wir (und das sind nicht wenige in unserer Umgebung) diese Vorliebe eben in allen möglichen Varianten aus. Ich bin mir aber sicher, es gäbe noch viel mehr solche Paare, aber die meisten trauen sich halt nicht, über ihre Neigungen zu sprechen, leider schon gar nicht mit dem eigenen Partner. Doch auch wir haben „klein" angefangen und zu Beginn unserer Suche nach sexuellen Abenteuern hätten wir uns das, was wir jetzt praktizieren, nie vorstellen können. Wie es schließlich dazu kam, habe ich zuerst nur für meine Frau auf den folgenden Seiten niedergeschrieben. Aber diese Erlebnisse waren einfach zu geil, um sie nur für uns zu behalten, auch andere Leute sollen daran teilhaben. Sei es nur aus purer Lust an heißen Geschichten oder als auch Anstoß und Leitfaden, falls der / die eine oder andere bereits selbst mit dem Gedanken an Gruppensex oder Wifesharing gespielt hat.

Kurzer Rat

Wie bereits erwähnt, soll dieses Buch kein Ratgeber für potentielle Swinger oder moderne Beziehungen werden. Trotzdem möchte ich allen schon Neugierigen bzw. jenen, die es durch unsere Geschichten geworden sind, ein paar Worte mit auf den Weg geben. Dem aufmerksamen Leser wird nicht entgehen (oder entgangen sein, wenn er diese Zeilen überblättert und sich gleich ins Geschehen gestürzt hat) dass unser ganzer Werdegang ein Prozess über Jahre hinweg war. Wie überall fängt man auch hier klein an und macht einen Schritt nach dem anderen. Der männliche Teil eines Paares hat uns gegenüber einmal die Meinung vertreten, dass für die Frauen die Spielchen untereinander immer der Beginn seien und sie dann immer mehr wollen würden, bis sie irgendwann Gefallen am Sex mit mehreren Männern haben würden. Wir befanden uns damals noch eher bei den Bi – Spielen unter Frauen mit eher passiven Männern und meinten, das wäre ein ausgemachter Blödsinn, denn das eine hätte mit dem anderen ja nichts zu tun. Jetzt, einige Jahre später müssen wir ihm recht geben, denn genauso ist es gekommen. Das gilt sicher nicht für alle, denn viele Paare auf den verschiedenen Plattformen suchen auch nach mehreren Jahren immer noch nur nach weiblichen Mitspielerinnen.

Jedenfalls sollte man sich ganz zu Beginn (noch vor erotischen Frauenspielen, die am Anfang besonders die Männerphantasien befriedigen) auf alle Fälle einig sein, ob und was man eigentlich will. Wenn nur ein Partner (das muss nicht immer nur der Mann sein) sein Sexualleben mit anderen teilen will und der andere schon einen FKK – Strand als Sündenpfuhl betrachtet, wird die Sache nicht gut gehen.

Ist man sich jedoch einig, dass man fremde Menschen mit in seine Beziehung nimmt oder zumindest beim intimen Part zusehen lässt – und darauf läuft es letztendlich hinaus, stellt sich dann zumeist die Frage nach dem wie, wo und mit wem. Hier kann man in den seltensten Fällen seine Eltern oder Freunde fragen, wie sie es denn handhaben mit Swingerclub - Besuchen, Partnertausch und Gruppensex. Auch wenn diese Erfahrung damit haben, werden sie nicht gleich frei von der Leber weg drauflos plaudern. Diese Erfahrungen muss man selbst machen und dann sollte die Neugier und Lust darauf eben größer sein als die Hemmung, bei einem Club zu läuten und den Fuß über die Schwelle zu setzen. Leichter ist es, sich einmal auf einer der mittlerweile zahlreichen Partys anzumelden. Dort kann man sich zumeist (zu Beginn einmal die Pärchenparty nehmen und nicht gleich die Gangbang – Orgie!!!) in Ruhe umsehen und mal schauen, was dort so getrieben wird. Hier besteht natürlich die Möglichkeit oder auch die Gefahr, dass man nur Zuseher bleibt. Die wenigsten werden hier gleich selbst aktiv, da die Situation doch neu und ungewohnt ist. Aber man kann sich alles mal in Ruhe ansehen, sich an die Atmosphäre gewöhnen und vorerst auch mit dem eigenen Partner beschäftigen. Auch das will vor neugierigen Zusehern einmal gelernt sein.

Eine andere Möglichkeit ist, über einschlägige Plattformen nach entsprechenden Mitspielern und –innen zu suchen. In Zeiten des Internet funktioniert das zumeist ziemlich problemlos. Es hat zudem den Vorteil, dass man diese nach Vorlieben und Aussehen auswählen kann (in Clubs oder bei Partys muss man halt mit dem Vorlieb nehmen was an diesem Abend halt da ist). Es ist aber zumeist aufwendiger und langwieriger (Fotos hin und her schicken, Termin und Location finden etc.). Da ist ein fixes Datum wie bei einer Party oder ein spontaner Besuch im Club, wenn beide Lust darauf haben, doch einfacher.

Sollte dann der glückliche Fall dann eingetreten sein, dass man sich in einer einschlägigen Lokalität oder zu dritt bzw. zu viert in einem Wohnzimmer befindet, ist es ratsam, nicht zu vergessen, was man zuvor besprochen und als Grenzen definiert hat. Das mühsam geplante Abenteuer kann schnell wieder vorbei sein, wenn sich einer der beiden Neulinge übergangen oder überrumpelt fühlt, wenn die Partnerin statt des geplanten Zusehens oder nur Streichelns anderer Frauen nach zehn Minuten schon einen wilden Ritt am Hengstschwanz des Gegenübers hinlegt. Oder der Partner kann es nicht erwarten, den weiblichen Teil des eben kennengelernten Paares zu im Detail kennenzulernen. Es sollen beide ihren Spaß an der Sache haben und keiner zu etwas gezwungen oder überredet werden, nur dann kann man sich hier ohne Zweifel und Ängste weiter vortasten. Die Frau ist bei uns immer die Hauptperson und wenn die richtigen Anlagen wie eine gewisse Naturgeilheit und

Hemmungslosigkeit vorhanden sind, ergibt sich alles von allein. Der Mann ist eben dazu da, die Grundlagen dazu zu schaffen, damit sie sich entsprechend ausleben kann – und - er muss damit umgehen können. Es ist schließlich nicht jedermanns Sache zuzusehen, wie sich seine Gattin von fremden Männern vögeln und anspritzen lässt. Oder am Abend zu ihrem Hausfreund fährt, um einige Stunden später frisch gefickt und nach Männerschweiß, Rasierwasser und Schwanz duftend wieder heimzukommen. Aber ich kann jedem nur versichern, seiner Ehefrau diese Möglichkeit zu geben, ihre Lust auszuleben und daran teilhaben zu können, lässt die Liebe immer mehr wachsen.

Aber nun weg von der grauen Theorie und hin zur Realität, die wir im Laufe der letzten Jahre zusammen erleben durften.

Gefunden?

Es schien, als ob wir nach langer mühsamer Suche – nun aber eher zufällig – endlich einen neuen passenden Hausfreund gefunden hätten. Wir hatten Mitte Juli (als wir wussten, dass unsere Kinder mal zwei Wochen außer Haus sein würden) wieder einmal ein Date in einem bekannten Portal für paarungswillige Männlein, Weiblein und Paare geschaltet. In diesem forderten wir fesche Männer auf, sich doch bei uns als potentieller Hausfreund vorzustellen. Es ist eigentlich unerhört, dass man als Mann seine eigene Ehefrau irgendwelchen geilen Hengsten anbietet und sogar noch dazuschreibt, es mögen sich doch gerne mehrere melden, da geile Sau besonders auf derartige Spiele steht. Doch wir beide genießen das, zuerst die Vorfreude und Phantasien beim Schalten der Anzeige und die der Auswahl der Kandidaten. Dann in der Folge sie als Nutznießerin dieser Bemühungen und ich, wenn ich sie dabei beobachten kann, wie sie sich ihren Lovern hingibt und ich ihre Geilheit hören und sehen kann. Alleine der Gedanke daran lässt meinen Schwanz schon wieder anschwellen. Wieso sollte man auch 90% seines Sexuallebens mit immer dem gleichen Schwanz oder derselben Muschi oder denselben Titten verbringen? Es ist doch ganz natürlich, dass man im Laufe einer Beziehung irgendwann auch mal Lust auf andere hat. Das heißt ja noch lange nicht, dass man den eigenen Partner nicht mehr geil findet oder man sich in wen anderen verliebt. Alles zu seiner Zeit und die anderen sollen ja nur geile Häppchen zwischendurch sein, die man sich dann und wann gönnt. Wir haben zwar auch Paare getroffen, die Swingen und ähnliches zu ihrem Lebensmotto oder Hobby gemacht hatten, aber für uns war und ist das nur eine Bereicherung des eigenen Ehelebens. Es sollte auf keinen Fall Gewohnheit oder Hauptteil unseres Sexuallebens werden, denn dann besteht die Gefahr, dass auch das irgendwann zur Routine und langweilig wird – und was kommt dann?

Doch angefangen hat alles, wie auch schon oben angedeutet, ganz anders, quasi bei Adam und Eva (das ist jetzt kein Pärchen, das wir schon mal getroffen haben) oder eigentlich sogar nur bei Eva, denn Adam ließen wir ja lange Zeit außen vor.

Wie alles begann

Es stellte sich schon bald nachdem wir miteinander mehr als Küsse austauschten - oder die Küsse tiefer wanderten, wie man es halt sehen will - heraus, dass meine nunmehrige Ehefrau ein naturgeiles Stück war (und wie man dann auf den folgen Seiten lesen wird, noch immer ist). Schon bald folgte sie meiner Anregung, ihre hübschen blonden Locken zwischen den Schenkeln zu entfernen und präsentierte von da an stolz ihre wunderschöne Muschi ohne störenden Bewuchs. Seitdem ließ sie auch kaum mehr eine Gelegenheit aus, ihre nun glatte Fotze mit Stolz und Lust herzuzeigen.

Man brauchte sie nicht lange bitten, wenn man mal etwas Neues ausprobieren wollte. Sie hatte keine Hemmungen, darüber zu sprechen, wie sie sich es selbst besorgte oder es mir voller Begeisterung zu zeigen. Während andere Frauen sich kaum darüber sprechen trauen, dass sie sich dann und wann auch ohne Unterstützung einen Orgasmus verschaffen, erzählte sie es bereitwillig, wann sie sich wieder gewichst hatte (das kann sie auch jetzt noch nicht für sich behalten). Am liebsten hat sie es jedoch noch heute, wenn sie dabei Zuseher hat – das steigert ihre Lust gleich noch einmal.

Wir probierten alles Erdenkliche an Stellungen und Variationen aus, die uns einfielen, zuhause im dann nicht mehr stillen Kämmerlein oder auch in der Natur. Besonders geil machte sie, wie bereits angemerkt, auch damals schon das gesehen werden oder zumindest die Möglichkeit, nackt oder beim Sex beobachtet zu werden. So ließ ich sie manchmal - wenn es die Temperaturen zuließen, beim Heimgehen nach einem Lokalbesuch ihre Sachen ausziehen, sodass sie nur mit offenem Mantel bekleidet war und mögliche späte Nachtschwärmer ihre nackten Titten und Fotzen sehen hätten können. Leider lief uns aber nie wer über den Weg (oder zumindest nicht wissentlich). Wer weiß, was sich da ergeben hätte können...

Wir machten auch Fotos von Ihr auf allen möglichen Plätzen – im Wald, im Keller oder Park. Sie hatte dabei keine Hemmungen, sich dafür splitternackt auszuziehen, dabei zu wichsen oder sogar zu pissen, auch wenn oder eben, weil uns dabei jederzeit Wanderer oder Spaziergänger ertappen konnten. Spannend war damals auch noch das Abholen der entwickelten Fotos aus dem Drogeriemarkt. Ich bin sicher, so mancher Entwickler hat sich damals eine umfangreiche Sammlung nicht nur von uns angelegt. Damals erfolgte die Anbahnung mit potentiellen Partnern, die in einschlägigen Zeitschriften inserierten, nämlich noch über den Postweg. Also dürften in den diversen Geschäften, die Entwicklung von Fotos anboten, nicht nur unsere Bildchen kursiert sein, die für den einen oder anderen interessant waren. Mit den modernen Speichermedien und Plattformen im Internet heutzutage ist in der Beziehung ja alles viel einfacher zu handeln.

Mangels besseren Wissens oder anderer passender Bekanntschaften in der näheren Umgebung versuchten wir dann auch, ihre beste Freundin mal dazu zu bringen uns beim Sex Gesellschaft zu leisten, Das war natürlich nicht so einfach zu bewerkstelligen, denn diese war nicht so ein geiles Schweinchen wie meine Frau oder traute sich das zumindest nicht in der gleichen Weise zu zeigen. So beschlossen wir, uns quasi von ihr beim Sex erwischen zu lassen und zu schauen, was dann passiert. Wir luden sie also zu uns ein und gingen kurz bevor sie kommen sollte, zusammen ins Bett, damit sie uns schön „in Action" ertappen konnte. Es dauerte auch nicht lange und es klopfte an unserer Zimmertüre. Wir verhielten uns still, bis sie die Türe aufmachte um nachzusehen, ob wir da wären. Wir taten ganz überrascht und beteuerten, ihr Klopfen nicht gehört zu haben, da wir ganz in unser Liebesspiel vertieft waren. Sie kam dann tatsächlich näher und setzte sich, doch etwas neugierig, neben unserem Bett auf die Couch um das Geschehen zu betrachten. Näher kam sie leider nicht, forderte uns jedoch auf, uns nicht stören zu lassen. Ich glaube ja bis heute, es hätte nur eine helfende Hand gebraucht, um sie zu uns ins Bett zu bekommen, aber soweit wollten wir auch nicht gehen – sie sollte quasi von selbst kommen.

Die Situation machte uns beide riesig geil und meine geile Frau genoss die Beobachtung durch ihre Freundin in vollen Zügen. Sie konnte sich nicht mehr zurückhalten - endlich hatte sie einmal einen anderen Zuseher außer mir. Zuerst ritt sie mich vor ihrer Freundin, sodass diese einen guten Blick auf ihren Arsch hatte und von hinten meinen Schwanz in ihrem Loch und ihr gespreiztes Arschloch sehen konnte. Doch so einfach wollte sie nicht kommen, sie wollte nun ausnutzen, dass ihr nun endlich wer zusah. Kurz bevor sie kam, stieg sie von meinem Schwanz und drehte sich um. Sie legte sich aufs Bett - Augen geschlossen, die Beine weit gespreizt und wichste ihre nackte Muschi vor ihrer Freundin mit voller Kraft bis sie ein heftiger Orgasmus durchschüttelte. Leider hatte diese damit genug gesehen und meinte sie würde dann unten warten, bis wir fertig wären, anstatt sich zu uns ins Bett zu gesellen. Wir hätten ihr natürlich noch gerne gezeigt, wie ich meiner geilen zukünftigen Ehefrau in Gesicht spritze, denn mich hatte die Aktion natürlich auch nicht kalt gelassen, aber wir mussten dann unser Liebesspiel zu zweit vollenden. Es war zumindest einmal eine geile Abwechslung und so gesehen, der Anfang unserer Laufbahn.

Der erste Urlaub

Wir verbrachten dann unseren ersten gemeinsamen Urlaub im schönen Griechenland und waren dort endlich das erste Mal ganz allein. Wir mussten auf niemanden Rücksicht nehmen und hatten unser eigenes Zimmer, was wir in punkto Sex auch weidlich ausnutzten. Am Strand durfte meine geile Ehefrau natürlich kein Oberteil tragen, ich wollte, dass die ganze Welt ihre geilen Titten zu Gesicht bekam. Eigentlich wollten wir ja nach Lesbos, da wir gehört hatten, dass es dort entsprechend dem Namen der Insel auch einschlägige Action gab, was wir für uns, oder besser gesagt endlich für sie, nutzen wollten. Da es aber damals noch keine Internetreisetipps oder ähnliches gab, ließen wir den Plan wieder fallen. Wir wollten nicht auf der Insel umherirren und einschlägige Strände oder ähnliches suchen oder im Reisebüro speziell danach fragen. So folgten wir halt den Reiseerfahrungen einiger Bekannter und begaben uns an die Südküste von Kreta, wo wir unseren ersten Liebesurlaub verbrachten.

Ich fotografiere meine geile Ehefrau dort in allen möglichen Positionen und Stellungen - nackt am Balkon und im Zimmer, wichsend am Bett und pissend im Bad. Wir erfüllten uns endlich den Traum vom Sex am Strand - damals halt noch nicht unter dem Aspekt, auch dabei beobachtet zu werden, auch wenn sie das wahrscheinlich angemacht hat. Heute würden wir hoffen, dass ein paar geile Spanner dazukämen, die sie anwichsen und vollspritzen würden. Meine geile Ehefrau wäre da heutzutage nach kurzer Zeit wohl die Attraktion für alle potentiellen Zuseher.

Den Fotos nach, die uns von diesem Urlaub geblieben sind, hatten wir dort ziemlich viel Spaß miteinander. Leider lernten wir niemanden kennen, der unsere Leidenschaft geteilt hat und mit dem wir intime Erfahrungen machen hätten können. Wir trafen zwar immer wieder ein nettes Paar - einiges älter als wir - aber diese hatten anscheinend keine Hintergedanken in diese Richtung, zumindest zeigten sie uns diese nicht. Aber auch ohne Ausweitung unseres Sexlebens war unser erster Urlaub natürlich unvergesslich.

Bi – und wie

Meine geile Ehefrau hatte mir einmal erzählt, dass sie ihren ersten Orgasmus beim Nachspielen von GV mit ihrer Freundin (die ja bereits in einem der vorigen Kapitel mitspielte) erlebt hatte, indem sie – zwar voll bekleidet, aber immerhin – ihre jungen Mösen aneinander gerieben hatten. Auch wenn dieser erste Orgasmus wahrscheinlich eher auf der physikalischen Reibung als auf die Nähe zu einer anderen weiblichen Person zurückzuführen war, kam ihr der Gedanke, eine andere Frau näher zu erkunden, durchaus erregend vor. Zudem schmeckte sie sich gerne selbst nach dem Lecken und eine andere Muschi würde nun wahrscheinlich nicht viel anders schmecken (das würde sie später noch einige Male testen und herausfinden, dass es hier viele Geschmacksrichtungen gibt...). Ich unterstützte diese Phantasie – ganz uneigennützig – natürlich und baute sie immer wieder in unser Sexleben ein, um sie ja nicht wieder abebben zu lassen. Wir schauten uns gemeinsam entsprechende Bildchen in einschlägigen Magazinen an und sprachen dabei darüber, wie schön es wäre, wenn sie diese feuchten Muschis auch selbst lecken könnte – was für uns beide noch mehr aufgeilte und zumeist zu einem heftigen Orgasmus führte.

Die Umsetzung unserer Phantasie bedurfte von da an jedoch noch einiger Anstrengung. Ihre Freundin konnten wir, wie schon gesagt, nicht dafür gewinnen und auch sonst war es in unserem kleinen Heimatort schwierig, eine Frau dafür zu finden. Wir beschlossen daher, wie damals ohne www etc. noch üblich, ein entsprechendes Inserat in einem einschlägigen Kontaktmagazin zu schalten: „Junge hübsche Sie sucht Freundin, gerne dominant – lesbisch oder Bi – für gemeinsame geile Stunden". Und siehe da – Antwort ließ nicht lange auf sich warten, ein hübsches Ding aus Graz überhäufte uns mit Fotos und geilen Briefen.

Schon das gemeinsame Lesen und Ansehen dieser steirischen Geilheiten machte uns beide superscharf. Dass da wahrscheinlich irgendein einsamer Wichser dahintersteckte, dämmerte uns erst später, als wir von der gleichen Adresse auch geile Bildchen der heißen „Cousine" bekamen. Da wir zu Beginn dieser Entdeckungsreise noch daheim wohnten, konnten wir unsere heiße „Brieffreundin" auch nicht zu uns einladen. Wir hatten eigentlich auf Zuschriften aus der Umgebung gehofft, aber da gab es offensichtlich keine solchen aufgeschlossenen Mädchen. So mussten wir weiter warten und einstweilen mit Fotos und Zeilen unseres Steirermädchens vorliebnehmen, bis wir dann später in Wien ihre Wohnung für unser sündiges Treiben nutzen konnten.

Dort versuchten wir dann wieder mittels Inserat eine geile Bi - Freundin für meine geile Ehefrau zu finden, was aber in der Realität nicht so leicht war. Wie alle Anfänger in dieser Angelegenheit war uns noch nicht wirklich bewusst, dass der Anteil an wirklichen Frauen hier eher gering war. Als endlich ein Rendezvous zustande kam, verließ die „Briefschreiberin" dann der Mut bzw. existierte sie in den meisten Fällen nur auf Fotos als Bi - Mädchen und wusste in Wirklichkeit gar nichts von ihrem Glück. So blieb uns wieder nur weitere Schreiberei und wir merkten allmählich, dass die Suche nach einer Solo - Freundin wohl erfolglos bleiben würde. Hinter den Schreiber(inne)n steckten wohl zu annähernd 100% Fotosammler und ähnliches, was sich bis heute in den einschlägigen Foren fortsetzt.

So verlegten wir uns notgedrungen auf die Suche nach einem Paar mit bisexueller weiblicher Hälfte, natürlich (zu diesem Zeitpunkt) noch ohne Aussicht auf Aktivitäten zwischen Mann und Frau und wurden in dieser Richtung auch bald fündig. Ein hübsches Paar aus Kärnten, das sich später sogar als Villacher Prinzenpaar entpuppte, schrieb uns an und so kam es dann rasch zu unserem ersten Rendezvous mit realen Personen. Leider waren wir offensichtlich beide damals noch recht unerfahren, sodass bis auf ein bisschen nebeneinander schmusen nichts passierte. Als wir dann beim zweiten Treffen den nächsten Schritt wagen wollten, trafen wir nur den männlichen Part an – sie hatte leider darauf vergessen, rechtzeitig nach Wien zu kommen. Wieder nix mit Muschilecken (und endlich live zuschauen zu können). Heutzutage wäre uns das wahrscheinlich egal und wir würden uns mit dem männlichen Part alleine vergnügen (sofern das für das Paar ok wäre).

Telefonsex

Zwischendurch hatten wir – speziell natürlich meine heutige Ehefrau - ein ganz anderes geiles Erlebnis, das wir Jahre später wahrscheinlich noch weiter ausgebaut hätten. Damals wussten wir halt noch nicht wie weit wir hier gehen konnten und wollten: Eines Tages kam ein Brief, der neben dem Schreiben auch noch einen speziellen Inhalt hatte – ein parfümiertes Höschen. Ein Leser des einschlägigen Magazins, in dem wir inserierten, war von unserem Bild im Inserat sehr begeistert. Seinen Zeilen war zu entnehmen, dass er sie gerne als Lustobjekt gehabt hätte und machte ihr daher vorab das schwarze duftende Höschen zum Geschenk. Soweit ich noch weiß, war er bereits etwas älter, jedoch gepflegt und eloquent. Trotzdem wir damals noch bei dem gemeinsamen Standpunkt waren, dass wir es hier wohl nicht zum äußersten kommen lassen würden, machte die Situation uns beide neugierig. Meine geile Ehefrau traf sich sogar mit ihm in einem Lokal in der Nähe unserer Wohnung um ihn einmal in real kennenzulernen. Soweit ich aus ihrem Bericht über das Treffen dann mitbekam, hatte man sich dort ganz gut unterhalten. Dabei bekräftigte er nochmals seinen Wunsch, dass er quasi gerne ihr „Sugardaddy" wäre, da sie ihm außerordentlich gut gefiel. Kurze Zeit später berichtete sie mir dann, dass er sie zuhause angerufen hatte und das Telefonat eine geile Richtung genommen hatte. Während des Telefongesprächs waren die Themen immer weiter in eine erotische Richtung gegangen. So fragte er sie nach ihren Vorlieben beim Sex – zu zweit und allein und verführte sie so dazu, ihm am Telefon auch zu demonstrieren, was sie gerne mit ihrer Muschi anstellte, wenn sie alleine war. Sie erfüllte ihm seinen Wunsch mit Begeisterung, wahrscheinlich geilte sie das mächtig auf, ihn damit auch ordentlich erregt zu wissen. Er brachte sie sogar soweit, sich die Finger in beide Löcher zu stecken und sich so selbst zu einem heißen Höhepunkt zu fingern. Als sie es mir dann danach erzählte, was sie da angestellt hatte, war ich doch sehr überrascht, welche ein hemmungsloses Schweinchen sie war – mit einem derartigen Verlauf hätte ich nicht gerechnet. Zu weiteren Treffen oder Aktivitäten kam es – zumindest soweit ich es weiß (und sie hätte mir sicher stolz davon berichtet) – dann leider nicht mehr. Mit der heutigen Erfahrung hätten wir diesen Kontakt wahrscheinlich noch weiter ausgebaut, da wären uns sicherlich einige Dinge eingefallen, die wir hier anstellen hätten können. Zudem wäre sie von ihrem Sugardaddy sicher in jeder Hinsicht verwöhnt worden...

Aber auch damals hat es sie sicher schon geil gemacht, dass sie eine solche Wirkung auf andere Männer hatte. Wahrscheinlich wäre ihr nichts lieber gewesen, als ihm irgendwann ihre geile nackte Fotze auch zeigen zu können. Heutzutage geht das mit Instrumenten wie WhatsApp o.ä. ja ohne Probleme.

Endlich von Frau zu Frau

Damals gab es ja noch nicht die Möglichkeit, mittels Mail oder einschlägigen Plattformen unkompliziert ein Treffen mit einem anderen Paar oder Mann zu vereinbaren. Da mussten ein von der guten alten Post über das Kontaktmagazin (die Briefträger wussten wahrscheinlich ziemlich gut, was in solchen Briefpaketen steckte) weitergeleiteter Brief und anschließen das Telefon herhalten. Wir bekamen zuhauf irgendwelche Zuschriften von Männern, die meine geile Ehefrau gerne ficken wollten sowie viele Kuverts mit irgendwelchen kopierten Bildern von angeblichen interessierten Frauen (Bildersammlern etc.), die glaubten, dass wir ihnen dann sofort neue Wichsvorlagen liefern würden. Eines Tages kam jedoch endlich ein Brief von einem Paar, das uns beide ansprach. Sowohl das Schreiben von als auch die Bildchen von den beiden (natürlich in erster Linie jene vom weiblichen Part) gefielen uns ausnehmend gut. So beschlossen wir, den beiden zu antworten um zu schauen, ob wir hier endlich die unsere ersten Erfahrungen mit einem Paar machen würde. Wir nahmen daher Kontakt mit den Briefschreibern auf und meine geile Ehefrau traf sich einmal vorab mit dem geilen weiblichen Part. Dieser wurde quasi mal als Vorhut geschickt, um uns als Anfängern in dieser Angelegenheit oder hier im speziellen unserer sie mal die Scheu zu nehmen und die Sache von Frau zu Frau vorzubereiten. Offensichtlich waren die beiden gleich beim ersten Treffen sehr angetan voneinander – jedenfalls beschloss man, zum nächsten Schritt überzugehen und sich bald einmal im Beisein der Ehemänner ganz von der Nähe kennenzulernen. Sie bekam sie dort im Lokal auf der Toilette als ersten Appetithappen den ersten Kuss ihrer künftigen Bettfreundin, der natürlich Lust auf mehr machen sollte.

Gesagt – getan, einige Wochen später trafen wir uns an einem Sonntagnachmittag in einem Cafe in der Nähe. Uns allen war eigentlich klar, dass das nur ein Vorgeplänkel der Ordnung halber war und so beschlossen wir alsbald, endlich zur Tat überzugehen und begaben uns in unsere Wohnung.

Dort übernahm ihr Mann als erfahrener Organisator in derartigen Dingen die Initiative und hatte – während ich mich noch um die Getränke kümmerte – schon die Slips der beiden Mädels in der Hand. Als ich dann mit den Getränken um die Ecke bog, schwang er mit jedem Zeigefinger ein duftiges Höschen und ich blickte direkt in zwei blanke Muschis, die mich von der Couch anlachten. Das erste Mal sah ich zwei nackte Mösen nebeneinander - ich konnte mich kaum sattsehen, auch die Mädels bewunderten ausgiebig die nackte Spalte der anderen. Ich setzte mich zu der fidelen Runde und wir stießen zunächst einmal auf unser Kennenlernen und die kommenden, hoffentlich geilen Stunden an. Die Mädels konnten die Finger nicht mehr voneinander lassen und es dauerte dann auch nicht mehr lange, bis die beiden nicht nur untenrum, sondern auch obenrum nackig waren. Nun wurde meine geile Ehefrau endlich nach allen Regeln der Frauenkunst zu ihrem ersten lesbischen Stelldichein verführt. Mittlerweile hatten die beiden ihre Hände mehr auf dem Körper der Freundin als woanders. Wir – die beiden Männer - konnten uns an diesem heißen Treiben kaum sattsehen, es war wirklich zu geil, diesen beiden heißen Frauen zuzusehen. Es war quasi ein Liveporno, den man zum ersten Mal sieht. Es war für unsere neue Freundin dann auch kaum mehr irgendeine Überredungskunst notwendig, meine Frau dazu zu bringen, für ihre neue Freundin die Beine weit zu spreizen.

Diese bedeutete ihr, sich hinzulegen und arbeitete sich dann mit ihrer Zunge von den Titten zur mittlerweile klatschnassen Muschi meiner geilen Ehefrau vor. Diese hatte die Augen geschlossen, die Beine weit gespreizt und stöhnte erleichtert und freudig zugleich auf, als sie endlich eine weibliche Zunge an ihrer Spalte spürte. Sie genoss es in vollen Zügen, dass ihre Möse endlich von einer Frau ausgeschleckt wurde. Diese gab sich auch alle Mühe, das gleich zu einem unvergesslichen Erlebnis werden zu lassen und bearbeitete mit Hingabe den Kitzler und die Löcher meiner geilen Ehefrau. Diese begann aufgrund dieser kundigen Behandlung alsbald nervös mit dem Becken zu kreisen und atmete dazu immer heftiger. Ihre Leckfreundin hatte alle Mühe, ihre Zunge auf der zuckenden Muschi zu behalten. Das Atmen ging bald in ein langgezogenes Stöhnen und schließlich in einen erleichterten Schrei über, als der Orgasmus in meiner geilen Ehefrau aufstieg. Doch sie hielt sich nicht lange damit auf, ihren Orgasmus zu genießen, zu lange hatte sie schon auf diese Gelegenheit gewartet – sie drehte ihre Leckerin auf den Rücken, drückte ihr die Beine auseinander und stürzte sich förmlich auf das Ziel ihrer Begierde – eine glatte rosarote nasse Muschi. Endlich konnte sie eine Frau fühlen und schmecken - nach den Geräuschen der beiden war sie ein Naturtalent im Fotzenlecken. Wenn es möglich gewesen wäre, hätte sie ihre Nase bis zu den Ohren in dem nassen Loch ihrer Freundin versenkt. Sie probierte alles aus, was sich mit der Zunge an Muschi und Arschloch machen ließ. Am Ende tauchte sie, nachdem auch ihr Lustobjekt zum Orgasmus gekommen war, bis zu den Ohren mit Fotzenschleim verschmiert mit einem verklärten Lächeln wieder auf. Es hatte sich ausgezahlt, hier so lange nach der richtigen Freundin gesucht zu haben.

Nachdem damals PT noch kein Thema für uns war, fickten wir danach nebeneinander nur die eigenen Frauen, was zu diesem Zeitpunkt natürlich auch noch ein absolut geiles Erlebnis war. Die eigene, im ganzen Gesicht nach Möse und Arsch ihrer Freundin duftende Frau zu ficken während daneben eine geile schwarzhaarige gebumst wurde, die gerade Deine Frau zum Orgasmus geleckt hatte - so toll hatten wir uns das kaum vorgestellt. Dazu kam natürlich auch, dass uns endlich wer beim Ficken zusah und das auch wirklich genoss - das verstärkte die Geilheit der ganzen Situation nochmals. So zeigten wir den beiden nochmal, was sich mit meinem geilen Schweinchen anstellen ließ - lediglich mit dem Abspritzen hatte ich irgendwie Probleme, schließlich hatte ich das noch nie vor fremden Leuten gemacht. So konnten wir halt nicht alles zeigen, aber auch das sollte sich noch legen.

Einige Wochen später wurden wir von den beiden in deren Wohnung in der Nähe von Wien eingeladen, um das erotische Treiben unserer beiden Mädels auch bildlich festzuhalten. Da Sex, zu zweit und mit anderen Leuten sowie ähnliche Aktivitäten offensichtlich das Hobby der beiden zu sein schien, war dort auch die entsprechende Ausrüstung dazu vorhanden.

Sie hatten sogar einen Raum in ihrer Wohnung zum „Fotostudio" ausgebaut.

Die beiden Freundinnen wurden in Reizwäsche gesteckt – die eine in weiße, die andere in schwarze Spitze und wurden in den verschiedensten Stellungen geknipst. Zuerst nahmen sie für die Fotos die ausgedachten Posen ein, aber dann ging alles wieder fließend in das lesbische Treiben über. Sie wichsten sich nebeneinander die Mösen, rieben sich gegenseitig den Kitzler und steckten sich während des Fotografierens schon Nasen zwischen die Schenkel.

Dadurch wurde der gegenseitige Verwöhn - Prozess sehr in die Länge gezogen, was die Angelegenheit natürlich umso geiler machte – auch für die beiden Hauptdarstellerinnen, die stundenlang ihre Hände Zungen fotogen an die Fotze und den Arsch der anderen halten durften, aber nicht wirklich dazu kamen, ihre Tätigkeiten bis zum Orgasmus zu intensivieren. Den ersten hatte man sich natürlich bis ganz zum Schluss aufgehoben. Nun, nachdem die Fotosession zum Ende kam, durften sie sich endlich wirklich übereinander hermachen, was sie durch das lange „Vorspiel" auch mit entsprechender Hemmungslosigkeit taten. Ich war wirklich erstaunt über meine Frau (bzw. damals noch Freundin), dass sie quasi von heute auf morgen nun so hemmungslose lesbische Spiele treiben, sich einer anderen Frau hingeben und dieser auch selbst Lust bereiten konnte. Zudem schaute ja nicht nur ich, sondern ein bis vor kurzem noch fremder Mann zu, wie sie ihre Fotze präsentierte, leckte, fickte, wichste und ihre Orgasmen hinausstöhnte. Das stachelte ihre Geilheit wahrscheinlich noch mehr an, dass sie dabei Publikum hatte.

Wie beim ersten Mal, gab es dann noch nebeneinander bzw. durch die beiden Mädels immer wieder verbundenen Sex, da sie nie die Finger voneinander lassen konnten. Mehr als ein bisschen Tittenstreicheln der jeweils anderen war für uns Männer aber nicht drin. Aber auch das war für uns in diesem Stadium unserer Laufbahn als Swinger natürlich absolut geil, denn genauso hatten wir uns das gewünscht und vorgestellt. Meine geile Ehefrau konnte ihren Exhibitionismus und ihre bisexuelle Neigung ausleben und ich war quasi Regisseur, Nebendarsteller und Zuseher des geilen Films in einem.

Wir als junge Anfänger dachten hier, unsere Fickfreunde fürs Leben gefunden zu haben, aber schlussendlich wurde uns das doch zu mühsam. Die beiden hatten eigentlich nur dieses eine Hobby und waren im „zivilen" Leben nicht unbedingt die großen

Karrieristen, obwohl sie auf eher großem Fuß lebten. Sie hatten eigentlich nur Ideen, die sich um Sex drehten. Eine Idee war es, mit den nackten Frauen am Rücksitz über die Autobahn zu fahren, während sie es miteinander trieben. Oder sie wollten einen Film mit uns drehen, wo die Frauen im Wald an der Leine herumgeführt werden. Wir sollten dazu noch vorher ins Solarium gehen, damit wir im Film dann gut aussehen würden etc. Das war uns dann doch etwas zu viel, ließen wir den Kontakt dann wieder ausklingen. Wir wollten eigentlich nur eine geile Freundschaft als Ergänzung unseres sowieso geilen Sexlebens und nicht die Lustobjekte der beiden werden.

Zwischenspiel

Danach trafen wir, soweit mir das noch in Erinnerung geblieben ist, von Zeit zu Zeit das eine oder andere Paar. Die Treffen, sofern wir uns brieflich sympathisch fanden, liefen zumeist nach dem gleichen Schema ab: Beim ersten Mal traf man sich für gewöhnlich in irgendeinem Lokal - da passierte zumeist nichts. Dann wurde zuhause und zu zweit im stillen Kämmerlein überlegt, ob man sich nochmal sehen wolle. Gingen diese Überlegungen positiv aus, traf man sich beim zweiten Mal dann bei uns zuhause oder bei dem jeweiligen Paar bzw. suchte nach einem Treffen in einem Lokal eine der Wohnungen auf. Dort musste dann ein Spiel wie Strippoker, Flaschendrehen etc.

herhalten, um zumindest mal die Frauen aus dem Gewand zu bekommen. Diese zogen sich dann im Idealfall zusammen zurück, wir Männer kamen dann nach, wenn die Frauen zusammen die erste Runde absolviert hatten, sprich sich gegenseitig zum ersten Orgasmus geleckt oder gefingert hatten. Obwohl ich meiner geilen Ehefrau sehr gerne zusah, wenn sie mit einer der neu gefundenen Freundinnen spielte, wusste ich, dass es entspannter für die Frauen war, wenn sie dabei nicht von uns Männern beobachtet wurden. Das war besonders bei Anfängerpärchen schwierig, die dazugehörigen Männer ruhigzustellen, damit sie nicht gleich mit ins Schlafzimmer liefen, um ihre Frau / Freundin endlich beim ersten Lesbensex sehen zu können - mir ist es ja nicht anders ergangen. Zudem fand ich es irgendwie erregend, nur zu hören, wie es ihnen gefiel und daraus zu schließen, was sie gerade zusammen anstellten. Wir schlichen dann zumeist zur Tür, wenn wir Lustschreie oder Stöhnen hörten und beobachteten einmal unauffällig die geile Szenerie. Diese bestand entweder daraus, dass die eine mit der Nase zwischen den Beinen der anderen steckte oder sie rieben gerade ihre Fotzen aneinander - meist mit Geräuschen, die daraus schließen ließen, dass diese bereits pitschnass waren.

Je nach Grad der bereits aufgetretenen Geilheit folgten wir den Frauen dann früher oder später nach, im Idealfall nach dem ersten Höhepunkt, soweit wir das akustisch nachverfolgen konnten. Ich fand es immer wieder geil, sie Arm in Arm mit einer anderen Frau am Bett liegend zu finden und dann den

Fotzensaft der anderen in ihrem Gesicht zu riechen. Dann stürzten wir Männer uns direkt ins Geschehen oder beschäftigten uns nach einer kleinen Erholungspause mit der eigenen Frau. Wir trafen ja damals nur Pärchen, die so wie wir keinen PT wollten, damit es hier keine Verwicklungen geben konnte. Es gab aber auch wenige Paare mit denen es uns gereizt hätte, die Partner zu tauschen. Das eine oder andere, wo beide entsprachen, gab es dann doch, daher gingen unsere Phantasien auch irgendwann in diese Richtung. Wir fühlten uns mit der Zeit eingeschränkt, immer auf diese Grenze achten zu müssen, nur uns zu berühren und nicht einfach unserer Lust „freien Lauf" lassen zu können, wenn uns die anderen sexuell reizten. Es war für uns jedoch immer klar, dass es zwischen allen Beteiligten passen musste. Dass nur einer von uns Sex mit einem oder einer anderen gehabt hätte, kam für uns nicht in Frage und so ein Paar war halt wieder nur sehr schwer zu finden. Zumeist lag es halt am männlichen Part, der nicht entsprach. Doch bald wurden wir selbst gefunden - und dann ging es plötzlich ganz schnell, ohne lang herum zu überlegen.

Der Rumtopf

Da wir unser Idealpaar noch nicht wirklich gefunden hatten, inserierten wir weiterhin in einschlägigen Magazinen (ja, wir befinden uns noch in der grauen Vorzeit – es standen noch keine e -mails und sonstige technische Hilfsmittel zur Verfügung) oder lasen zusammen diese Magazine, was uns natürlich zumeist wieder geil machte. Dort suchten wir uns anhand der Bilder Paare aus, die wir dann anschrieben (ja, per Brief!). Diese Briefe waren mehr oder weniger vorgefertigt und wurden dann immer leicht adaptiert und ausgedruckt - der PC war ja schon erfunden! So erreichte uns eines Tages ein netter Brief von einem Paar namens W. und G. Leider wieder nicht unser ideales Paar, mit dem sich quasi gegenseitig alles anstellen hätte lassen, denn sie waren streng gegen PT, zudem wäre W. wohl auch nicht der Typ meiner Frau gewesen. G. war jedoch eine sehr hübsche Blondine, die ihr sehr gut gefiel. Das ganze Drumherum des Kennenlernens war wie immer – Treffen auf neutralem Boden mit der Versicherung der Sympathie und eines weiteren Dates. Dieses wurde dann ein besonderer Abend, der hier auf uns zukommen würde.

Wir hatten also die Kennenlernphase schon hinter uns und trafen uns dann zum zweiten Mal. Soweit ich noch weiß, waren wir in einem Lokal, das die beiden vorgeschlagen hatten. Im Laufe des Treffens wurde W. von Freunden angerufen, die „zufällig" in der Nähe wohnten und die beiden gerne einladen würden, da ein Rumtopf endlich aufgegessen werden sollte. Natürlich erfolgte eine vorgetäuschte Diskussion am Telefon, man wäre gerade mit Bekannten essen – aber, welch Überraschung, kein Problem, man könne diese ja gerne mitbringen, es ist noch genug da. Wir waren im ersten Moment eigentlich eher enttäuscht, da wir von diesem Abend erwartet hatten, dass zumindest mal meine Frau und G. miteinander im Bett landen sollten. Nun sollten wir aber irgendwelche Freunde von Ihnen besuchen, was uns eher wie ein Ausweichmanöver vorkam. Wir hatten jedoch auch nix besseres vor und gingen also mit zu den Freunden, die so „spontan" eingeladen hatten – H. und K., da deren Wohnung ja ganz zufällig nicht weit weg vom Lokal war. Dort wurden wir auch herzlich empfangen und mit eben dem besprochenen Rumtopf bewirtet (natürlich ganz ohne Hintergedanken...). Dieser lockerte alsbald die Stimmung, landläufig würde man Büchsenöffner dazu sagen, und bald erkannten wir, wo wir hier hineingeraten waren: W. und G. waren Teil eines geilen Viererpacks und quasi die Vorhut, die losgeschickt worden war, um das Quartett zu einem - im wahrsten Sinn des Wortes - Sextett werden zu lassen. H. samt Frau waren auf der SM - Schiene unterwegs, organisierten auch einschlägige Veranstaltungen und berichteten uns freimütig so einige frivole Erlebnisse, die uns die Ohren und so einiges andere heiß werden ließ. In der Folge zeigte die Hausfrau dann auch ihre, in der einen oder anderen Geschichte beschriebenen, Piercings (und da meine ich nicht jene in den Ohren) dem erstaunten Publikum. Wie so oft erkannte ich meine schon wieder geile Ehefrau bald nicht wieder, die - auch abgefüllt mit Rumtopf - ihre Hemmungen über Bord schmiss und höflicherweise ebenfalls ihren Prachtkörper zur Schau stellte, sodass den Gastgebern und ihren Freunden fast die Augen aus dem Kopf fielen. Natürlich geschah das in der Hoffnung, auch jenen von G. näher in Augenschein nehmen zu können - was auch bald darauf der Fall sein sollte.

Die drei Damen begaben sich ins Schlafzimmer und begannen dort sich gegenseitig aufzugeilen. Kurz darauf stießen auch die Herren dazu, die sich das Schauspiel natürlich nicht entgehen lassen wollten. Ich muss an dieser Stelle einwerfen, ein flotter Sechser toppt einen flotten Vierer nochmals um Längen. W. und G. hielten sich aber zu meinem Erstaunen streng an ihre Regeln und trieben es nicht mal mit ihren doch sehr engen Freunden. Diese waren jedoch auf einer total anderen Welle - dafür waren wir wohl „engagiert" und fackelten auch nicht lange herum, wohl auch um gar keine Diskussionen aufkommen zu lassen, ob wir schon bereit waren für PT. Der Rumtopf hatte schon lange seine Schuldigkeit getan, dazu waren noch die Zungen ihrer beiden neuen Freundinnen gekommen. Mittlerweile war meine geile Ehefrau beschwipst, geil und in der Folge zu allem bereit - sie wollte nun endlich einmal einen fremden Schwanz in ihrer Möse spüren. Ich hatte mir diese Situation schon des Öfteren vorgestellt, in meiner Phantasie wurde sie immer von einem anderen Mann von hinten genommen – quasi eher anonym. Das hier lief aber ganz anders ab, das war hemmungsloser Sex zwischen dem Gastgeber und meiner geilen Ehefrau. Sie legte sich auf den Rücken, spreizte die Beine und er steckte ihr seinen Steifen ohne Kondom (heute undenkbar) in die klitschnasse Fotze und genoss das für ihn blutjunge Fickfleisch in vollen Zügen – genauso wie sie es genoss, von einem erfahrenen Fremdschwanz genommen zu werden. Es war für mich erschreckend und wahnsinnig geil zugleich. Anstatt eines mehr oder weniger körperlosen Ficks von hinten lag sie hier engumschlungen mit einem anderen Mann und stieß ihm ihr Becken entgegen, um ihn auch möglichst tief zu spüren. (Heute macht mich das mächtig an, wenn sie ihre Beine über dem Rücken ihres Fickers verschränkt um ihn noch tiefer hineinzudrücken). Er fickte sie zu einem herrlichen Orgasmus und sie schrie ihn dabei auch noch an: „Spritz es mir hinein!", was er auch ausgiebig tat. Auch das würde sie heute nicht einmal mehr ihrem Hausfreund erlauben, obwohl mich diese Phantasie wahnsinnig geil macht, dass sie mit vollgespritzter Fotze heimkommt. Meine geile Ehefrau hatte wieder Glück gehabt – die nächste Premiere war offensichtlich wieder ein wahnsinnig geiles Erlebnis. Es muss sicher ein herrlicher Anblick gewesen sein, als ihr das Fremdsperma aus der Fotze rann – leider habe damals in der Aufregung noch nicht so auf diese Details geachtet. Soweit reichte unsere gemeinsame Phantasie noch nicht. Zum Ausgleich legte sich meine nun befriedigte Gefährtin (hatte sie ein schlechtes Gewissen?) dann unter die Dame des Hauses um von der Nähe mitzubekommen, wie ich ebenfalls ohne Kondom die Dame des Hauses von hinten nahm. Sie wollte auch noch den anderen Part des PT erleben – „Steck ihn ihr rein!" Doch K. war eine schon sehr oft gerittene Stute, es war jetzt nicht viel zu spüren in ihr. So machte mich meine eigene vollgesaute Frau noch fertig und dieser erste Sechser und die PT – Premiere nahm für alle Beteiligten ein geiles Ende, denn auch W. und G. waren anscheinend nur vom Zusehen sehr in Fahrt gekommen, beschäftigten sich aber im Gegensatz zu uns nur miteinander.

Leider wiederholte sich dieses geile Erlebnis nicht. Soweit ich mich nur noch dunkel erinnern kann, trafen wir W. und G. das eine oder andere Mal noch alleine - was sicher auch heiße Stunden für die beiden Mädels waren. Zudem gab es auch eine Jubiläumsparty von H. und K., wo aber nichts Schmutziges passierte. Da W. aber wie seine Freunde zusehends in die SM – Schiene abglitt (was seiner Frau auch nicht wirklich behagte, wie wir von anderen Paaren erfuhren, die diese beiden auch getroffen hatten), schlief auch dieser Kontakt allmählich ein.

Zweites Zwischenspiel

Wie schon erwähnt, waren H. und seine Frau Veranstalter sogenannter PPP – Partys. Wir lasen zwar mal in einschlägigen Magazinen darüber, waren aber (leider?) nie dabei, denn es wäre zumindest interessant gewesen, zu sehen wie es auf derartigen Veranstaltungen zuging. Kurioserweise trafen wir dann immer wieder Paare, die irgendwie mit diesen Partys zu tun hatten, sei es als Caterer oder Fotograf. Auch mit diesen hatten wir geile Stunden, nicht mehr nur zwischen Frau und Frau, sondern auch gemischt, aber wieder ohne GV. So kann ich mich zum Beispiel an ein Treffen erinnern, bei dem wir uns nebeneinander jeweils in 69er Position vergnügten und meine geile Ehefrau den männlichen Part des Paares mit dem Mund soweit brachte, dass er auf ihre Titten spritzte, was sie mir dann danach stolz berichtete.

Mit den meisten Paaren blieb es damals bei wenigen intimen Treffen, ein Paar namens A. und M. trafen wir, soweit ich mich entsinnen kann, etwas öfter. Sie waren ein sehr aufgeschlossenes Paar – na no na – mit denen wir zumeist Spielchen wie Strippoker spielten, um dann daraus im Bett oder auf der Couch zu landen. Rückblickend ist doch etwas seltsam, dass wir immer auf derartige Vorwände zurückgreifen mussten, um zum Punkt zu kommen. Wir wussten ja eigentlich, dass wir uns nicht zum Plaudern trafen. Heutzutage hat meine geile

Ehefrau keine Hemmungen mehr vor anderen Leuten das Gewand fallen zu lassen, wenn ihr danach ist.

Alleine zu zweit

Rund um diese Zeit hatte es sich auch zugetragen, dass wir ein Paar aus der Wiener Innenstadt trafen – E. und J., was dann auch wieder mal eine Premiere für uns beide – aber in erster Linie für meine geile Ehefrau war. Die beiden waren ein Paar mit einem doch größeren Altersunterschied und kurz zuvor zum ersten Mal Eltern geworden. Die Ambitionen, andere Paare zum Zwecke von Schweinereien zu treffen, ging wohl eher von ihm aus, wenngleich sie eine starke Bi – Neigung hatte und diese auch ausleben wollte. Ihnen ging es wohl ähnlich wie uns, eigentlich wollten sie eine Frau dabeihaben, was aber, wie bereits geschildert, eher schwierig zu bewerkstelligen war. Sie bewohnten eine sehr schöne Wohnung mit großer Dachterrasse, die er, wie er uns erzählte, künftig für frivole Partys nutzen wollte – wir würden natürlich zu den Gästen zählen. Zum Zeitpunkt unserer Treffen war es jedoch Herbst und leider schon etwas zu kalt für Open Air Veranstaltungen. Hier kann ich mich erst an den Besuch in ihrer Wohnung erinnern, wo wir uns zuvor Kennengelernt hatten, ist schon irgendwo im Dunkel der Zeit verschwunden.

Der erste Besuch in ihrer Wohnung war eigentlich, wie wir es eben gewohnt waren. Meine geile Ehefrau und die Dame des Hauses waren sehr angetan voneinander und der Herr des Hauses war sehr interessiert daran, endlich mitzuerleben, wie seine Frau sich mit einer anderen vergnügte. Die beiden taten ihm auch ausgiebig diesen Gefallen und leckten und fingerten sich gegenseitig bald in den zumindest fünften Himmel. Anschließend beschäftigte man sich noch mit der eigenen Frau, um den Rest Geilheit, der noch nicht durch die neue Freundin befriedigt war, noch gemeinsam zu genießen.

Das folgende Treffen war diese zuvor schon erwähnte Premiere – denn mein geiles Bi - Schweinchen traf zum ersten Mal (und leider bis heute auch zum letzten Mal) eine Frau alleine. Die beiden konnten ihre lesbischen Neigungen endlich entspannt auskosten, ohne wartende oder zusehende Männer. Es war bis dahin eine fast völlig neue Erfahrung, dass sie alleine ein erotisches Erlebnis hatte – den Telefonsex mit ihrem Verehrer hatte sie ja auch schon alleine genossen. Es machte mich natürlich unendlich geil, sie dort zu wissen, aber eben nicht live mitzubekommen, was sie dort tat. Obwohl ich wusste, dass die beiden Frauen scharf aufeinander waren, hätte es ja auch sein können, dass sie an diesem Abend nur plaudern würden. Diese Spannung ob und was passieren würde, verlieh diesem Treffen nur zwischen den beiden Frauen etwas sehr Erotisches. Meine geile Ehefrau sah diesem Treffen ebenso mit Vorfreude entgegen und schlussendlich wurden wir beide nicht enttäuscht – sie als aktive Teilnehmerin und ich als passiver Hörer ihres Berichts des Erlebten, den sie mir danach überbrachte:

Als sie dort ankam, war der Hausherr noch anwesend, doch er hatte die Aufgabe, mit dem gemeinsamen Baby einen Spaziergang zu machen, sodass die beiden ganz ungestört waren. Als sie alleine waren, wurde mit einem Gläschen Sekt noch die Stimmung aufgelockert – was wahrscheinlich gar nicht mehr notwendig war, denn die beiden wollten endlich die Gunst der Stunde nutzen und die gemeinsame Zeit der lesbischen Lust widmen. Sie verbrachten lange Zeit nur damit, sich zu küssen und den Körper der anderen ausgiebig zu streicheln und zu erforschen. Ohne wartende Männer hatten sie endlich einmal genug Zeit für ein ausgiebiges Vorspiel. Dieses Spiel steigerte natürlich die bereits vorhandene Lust aufeinander noch mehr und irgendwann wollte diese nur noch befriedigt werden. Nicht nur wir Männer lieben es, eine glatte nasse Fotze mit Mund und Zunge ausgiebig zu verwöhnen, auch die Frauen, wenn sie sich der Liebe zum eigenen Geschlecht widmen. Das taten die beiden dann auch, sie leckten sich endlich gegenseitig die wahrscheinlich bereits vom Saft überquellenden Muschis bis zum erlösenden Höhepunkt.

Nach dieser ersten heißen Runde mussten sie sich erst mal ausruhen und die Flüssigkeit nachfüllen, die ihnen über ihre Löcher abhandengekommen war – auch wenn sie durch die jeweils andere zum Großteil aufgefangen worden war. Danach wurde meine geile Fotzenleckerin von ihrer Freundin noch einmal zum Höhepunkt gebracht. Da sie eine eher devote Ader hat, war ihr das natürlich besonders angenehm, sich ihrer Spielgefährtin hinzugeben. Diese fickte ihre nasse Muschi ausgiebig mit ihren Fingern, bis sie zum zweiten Mal an diesem Nachmittag kam. Ich konnte mir dabei richtig schön vorstellen, wie sie ihre Beine auf der Couch weit gespreizt hatte, damit sie die Finger ihrer Freundin richtig tief in ihrer glatten Fotze spüren konnte. Auch wenn sie es mir dann schilderte, wie geil und befriedigend dieses Erlebnis für sie beide gewesen war, hätte ich das sehr gerne live als unsichtbarer Beobachter miterlebt um diese geile Stimmung wirklich mitzubekommen. Auf der anderen Seite hat es aber auch einen ganz besonderen Reiz, es dann erzählt zu bekommen. Ich musste dann natürlich meinen Schwanz wichsen, weil ich ihre geilen Erlebnisse zu hören bekomme und sie ihre Muschi, weil sie daran erinnert wurde, was sie dort erlebt hatte. Es war wunderschön, nicht nur die gemeinsame Lust miteinander teilen zu können, auch wenn das wahrscheinlich nur wenige andere Paare verstehen werden.

Leider war das unser letztes gelungenes Treffen in der Wohnung der beiden. Das nächste sollte sogar zu sechst stattfinden, was uns durch unsere sehr geilen Erlebnisse mit zwei Paaren sehr freudig geil stimmte. Jedoch war das dritte Paar eines, das wir bereits kurz zuvor kennengelernt hatten und nicht wirklich sympathisch und anregend fanden. Wir überlegten noch währenddessen bei einer Zigarette am Balkon, ob wir uns einfach uns selbst widmen und die vier agieren lassen sollten, doch dann zogen wir es vor, uns diskret zu verabschieden. Der Hausherr und Organisator kam dann noch nach und verstand auch unsere Situation, dass es für uns an diesem Abend einfach nicht passte. Warum wir uns dann nicht wieder sahen, kann ich heute leider nicht mehr nachvollziehen. Wahrscheinlich passte das andere Paar besser zu ihnen oder es scheiterte, wie so oft, an der Terminfindung.

Griechischer Wein

Kurz danach (auch mit den alten Briefen ist eine Chronologie leider nur noch schwer herstellbar), begab es sich, dass wir unser erstes „Dauerpärchen" kennenlernten. Es bestand aus einem zypriotischen Medizinstudenten namens N. und einer hinreißenden griechischen Stewardess namens L. Wir – das heißt besonders die beiden Damen - hatten in den folgenden Monaten, in denen wir uns einige Male trafen, viel Spaß zusammen. Aber eben nur die Damen, denn meine sonst so geile Ehefrau konnte sich zu meinem Leidwesen keinen PT mit N. vorstellen, obgleich dieser nach einiger Zeit immer wieder nachfragte. Ich meine damit nicht, dass ich unbedingt sehen wollte, wie sie von N. gefickt wurde – er war halt nicht ihr Typ, aber L. war eine der wirklich wenigen Frauen, die mich in dieser Hinsicht gereizt hätten. Sie hatte wirklich hübsche Titten und eine sehr appetitliche Muschi und fühlte sich auch gut an. So groß war unser Bett nun auch nicht, dass man sich komplett aus dem Weg gehen konnte, aber leider konnte ich ihr nie wirklich ganz nahekommen. Wenn ich mit ihr etwas gemacht hätte, wäre das auf der anderen Seite genauso eingefordert worden, was eben von unserer weiblichen Seite abgelehnt wurde.

Über die genauen Ereignisse, wie und wo wir uns kennengelernt hatten, kann ich heute nichts mehr sagen, wahrscheinlich wie gewohnt bei einem Drink in einem der gewohnten Lokale. Aber wie bereits erwähnt, hatten wir über einige Zeit mehrere Treffen bei uns oder bei ihnen. Es gab hier keine neuen Erfahrungen wie mit den Paaren zuvor denn wir hatten ja mittlerweile einige Routine auf diesem Gebiet. Bald waren wir aber gut eingespielt und vertraut, sodass wir das eine oder andere zusammen ausprobieren konnten. L. ließ sich da immer schön führen und N. schaute gerne zu, wenn wir mal eine neue Idee für unsere Stunden zu viert hatten.

Eine dieser Ideen war eine gemeinsame Fotosession, wie zu Beginn unserer Laufbahn in Baden. Für gemeinsame Fotos war es doch wichtig, dass man sich schon einige Zeit kennt und vertraut, man will sich ja dann nicht irgendwo in einem anderen Inserat sehen. Diese Fotos wurden dann in ihrer Wohnung in Wien gemacht und waren wirklich sehr gelungen.

Im Gegensatz zu damals in schwarz – weiß, was die Unterschiede der beiden Hübschen nochmals betonte. Bis auf die beiderseitig glatten Mösen waren sie doch eher verschieden, große Brüste – kleine Brüste, längere Haare – kurze Haare usw. Der Ablauf war jedoch wieder ähnlich, das Fotoshooting war sozusagen das Vorspiel, das alle geil machte, denn die Bilder sollten ja echt wirken und zeigten den Ablauf ihres Spiels vom Schmusen über Lecken bis zum gemeinsamen Masturbieren. Mittlerweile waren die beiden Mädchen gut aufeinander eingespielt, sodass man als Fotograf hier kaum eingreifen musste. Aus der Fotosession entwickelte sich dann wieder ein geiler Abend – hauptsächlich für die beiden weiblichen Hauptdarsteller, die durch das gemeinsame Posieren bereits mehr als angeturnt waren und in der Folge das auch entsprechend auslebten.

In Erinnerung an die beiden blieb jedoch, dass L. die erste war, die von meiner geilen Ehefrau angespritzt wurde. Wir hatten im Laufe der gemeinsamen Zeit entdeckt, dass sie richtig nass abspritzen konnte, wenn ihr G – Punkt stimuliert wurde. Das wollte ich natürlich in das gemeinsame Spiel einbauen und so ließ ich sie eines Tages über L's Bauch in Hocke gehen. Dann fickte ich ihre Muschi mit den Fingern bis sie tatsächlich ihren Fotzensaft auf L. verspritzte. Diese zeigte sich sehr überrascht über diese neugewonnene Erfahrung, dass das einer Frau wirklich möglich ist.

Wir versuchten auch, L. ein bisschen in die Rolle der dominanteren Freundin zu schieben, da meine geile Ehefrau die devote Seite beim lesbischen Sex mehr genoss. L. war dem durchaus zugeneigt und auch wenn sie hier (wahrscheinlich auch mangels entsprechender Erfahrung) nie von selbst aktiv wurde, machte sie sehr freudig mit. So ließ sie einige Mal den Kochlöffel auf dem Hinterteil meiner devoten Gattin tanzen, diese nahm die Bestrafung durch ihre Freundin nicht wirklich widerwillig hin. Im Gegenteil, der Freundin ihren nackten Arsch, der durch die Schläge noch dazu gut durchblutet wurde, präsentieren zu müssen, steigerte ihre Lust nochmals.

Im Zuge dieser Bestrafungen bescherten wir meiner geilen Ehefrau ihren ersten DP. Dazu ließen wir L. zuerst unseren Umschnalldildo anlegen, dann musste ihre devote Freundin den imaginären Schwanz blasen und sich anschließend vor ihr auf das Bett knien, damit sie von hinten genommen werden konnte. L. machte den Gummischwanz zuerst in ihrer Möse schön glitschig und schob ihn meiner geilen devoten lesbischen Frau dann auf meine Anweisung hin in ihr enges Arschloch. Anschließend legte mich auf das Bett und sie schob ihr freies Loch über meinen Schwanz. Nun bekam sie es von uns sowohl in Muschi und Arsch besorgt, was ein toller Anblick sein musste. Leider konnte ich nicht gleichzeitig agieren und zusehen – Partnertausch wäre hier wohl hilfreich gewesen.

Ich ließ mir auch einen geilen Abschluss für unseren Paarsex mit N., der eigentlich zumeist nur geduldeter Zuseher (außer halt bei seiner Frau) war und L. einfallen: Wenn wir fertig waren, spritzte ich nicht selbst in oder auf meine geile Ehefrau, sondern ließ L. meinen Schwanz auf ihr Gesicht oder Titten wichsen, was sie auch mit Freude machte. So hatten wir noch einen geilen Abschluss – unsere devote Dienerin, die noch von ihrer „Herrin" angesaut wurde, und ich, der von L. wenigstens meinen Schwanz gewichst bekam (was sich sehr angenehm anfühlte), wenn ich sie schon nicht ficken konnte.

Mit der Zeit ließ der Reiz trotz unserer geilen Ideen nach, zudem war die Situation für uns irgendwie unbefriedigend, da die Beziehung ja wieder einseitig war, weil es zwischen Mann und Frau bis auf das eben beschriebene eben keine Aktivitäten gab. So war es zwar schade, dass die beiden nach Abschluss seines Studiums nach Deutschland gingen, aber es war für uns die Möglichkeit, wieder nach neuen Freunden Ausschau zu halten.

Die letzten Brieffreunde

Mittlerweile neigte sich die Zeit des Briefverkehrs in Papierform auch dem Ende zu, aber der letzte seiner Art war nochmal der Anfang einer interessanten und geilen Freundschaft. Dazu kam noch, dass es ein Brief ohne Foto war und wir auf solche in der Regel eigentlich nicht reagierten. Irgendetwas muss uns jedoch daran gereizt haben, denn wir erwiderten den Kontaktversuch und verabredeten uns im 19. Bezirk in einem unserer favorisierten Lokale zu einem Getränk – was hatten wir schon zu verlieren. Mittlerweile konnten wir einem Paar schon sagen, ob es uns gefiel oder nicht.

Die beiden stellten sich als durchaus annehmbar heraus, attraktiv (sie war zwar nicht die dünnste, aber durchaus ok) und gesellschaftsfähig – später auch noch als durch und durch geil. Ein Attribut wurde zwar gleich auf die Probe gestellt, nämlich jenes der Gesellschaftsfähigkeit, denn der Abend verlief durchaus feuchtfröhlich, worauf unsere neue Freundin anschließend fast vor die Straßenbahn taumelte, was uns um ein Haar einige geile Stunden gekostet hätte.

Nach diesem lustigen Abend freuten wir uns natürlich auf ein baldiges Wiedersehen, denn wir wollten natürlich ausprobieren, ob wir nicht nur beim gemeinsamen Essen und Trinken sondern auch beim Ficken gut harmonieren würden. Soweit ich mich noch entsinnen kann, waren die kommenden gemeinsamen Erlebnisse für uns durchaus befriedigend, obwohl die beiden noch ziemlich am Anfang ihrer Swinger -Laufbahn waren. Diese sollte dann, soweit wir das mitbekamen, relativ rasch Fahrt aufnehmen und so einige unerwartete Wendungen nehmen. Es begann wie immer damit, dass die beiden Damen miteinander lesbische Spielchen machten und wir dann jeweils mit der eigenen Frau fortsetzten, also eigentlich nicht wirklich ein Fortschritt zu den vorherigen Paaren.

Im Gegensatz zu unserem damaligen Status waren sie schon etwas weiter – sie hatten schon Kinder, Alter ca. 3 und 5, die natürlich neugierig waren, als wir das erste Mal zu Besuch waren. Nach mehrmaligen Störaktionen (Durst etc.) meinte A., beim nächsten Mal würde die Polizei kommen. Was zur Folge hatte, dass eines der Kinder zu späterer Stunde die Mutter mit der neuen Freundin alias meiner geilen Ehefrau im Bett erwischte und nachfragte, ob das nun die Polizei sei. Nachdem gerade die Körperöffnungen der Mutter durchsucht wurden, keine so falsche Annahme! Nach diesem Erlebnis wurden die Kinder jedoch zu den Großeltern verfrachtet, wenn wir uns in ihrer Wohnung trafen, um derartige Überraschungen künftig zu vermeiden.

Wir trafen uns in der nächsten Zeit dann ziemlich oft, feierten Geburtstag zusammen, verbrachten Silvester zusammen, fuhren gemeinsam in eine Therme und entdeckten auch den ein einschlägiges Lokal im neunten Bezirk für uns. Kurioserweise war der Besitzer irgendwann einmal mit ihrer Schwester verbandelt gewesen, was die beiden bald zu Stammgästen machte. Leider waren wir zu dieser Zeit in Punkto Clubbesuchen noch nicht recht erfahren und durch das damals noch zahlreiche Publikum etwas gehemmt, sodass im Lokal selbst eigentlich kaum etwas passierte, obwohl damals eigentlich ziemlich etwas los war.

Eines Tages vollzogen wir jedoch in unserem Schlafzimmer den nächsten Schritt. Wir nahmen unsere beiden Frauen gerade nebeneinander von hinten, als mir A. bedeutete, tauschen zu wollen. Gesagt – getan, wir tauschten die Plätze und nahmen uns jeweils die Fotze der anderen vor. Die beiden schauten zwar kurz etwas erstaunt, nahmen das aber freudig zur Kenntnis. Nach kurzer Zeit sah ich meine geile Ehefrau schon genüsslich auf seinem Schwanz reiten während ich A's Frau auf den Rücken drehte und es ihr tief in die Fotze (soweit es eben ging – sie war doch etwas stärker gebaut als die meinige) besorgte. Unser erster PT seit der Rumtopfgeschichte und wieder ohne Kondom – wir fickten wieder mal einfach drauflos. Wie ich sehen konnte, waren meine Gattin und unser Freund hier begeisterter bei der Sache, denn sie brachte ihn in kurzer Zeit zum Abspritzen, während ich ihm seine Frau doch eher unverrichteter Dinge zurückerstattete.

Damit hatten wir eigentlich auch unseren gemeinsamen Höhepunkt erreicht. Hier nahm ihre relativ frische Swinger - Laufbahn auch eine überraschende Wendung. Obwohl die beiden erst vor kurzem PT kennengelernt hatten, ging es nun gleich in die völlig andere Richtung. Sie konzentrierten sich in der Folge auf den Tempel und sie fand offensichtlich bald Gefallen am Herrenüberschuss (er war eher ein Schnellspritzer). Das war damals noch eine Spielart, mit der wir uns nicht einmal in unseren Phantasien beschäftigten, wodurch es eigentlich zu keiner Fortsetzung unserer Freundschaft+ mehr kam. Kurz danach erfuhren wir von A., dass sie anscheinend noch viel geiler war, als er es je geahnt hätte und diese Aktivitäten auch ohne sein Wissen mit einem Kollegen fortgesetzt hatte, worauf sich die beiden dann trennten.

Wieder frei

So, nun konnten wir quasi wieder tun und lassen was wir wollten und vor allem mit wem wir wollten. Doch in welche Richtung sollte es gehen? Clubbesuche reizten uns nach wie vor nicht wirklich, lediglich das kurz zuvor entdeckte Lokal war für uns annehmbar, da man dort nicht, wie in anderen Clubs üblich, mit Handtuch herumlaufen musste. Falls das Publikum oder die Stimmung nicht entsprechend war, ging man eben wieder, ohne sich weiter vorgewagt zu haben.

Gerade dort konnten wir einen für uns sehr bedeutsamen Abend krönen. Wir hatten uns an unserem Jahrestag in unserem Lieblingsrestaurant verlobt und waren auch mit Unterstützung des italienischen Rotweins in bester Stimmung. Was lag näher, als den Abend schön geil in unserer Bar ausklingen zu lassen. Es war wenig los, offensichtlich war irgendwo anders eine entsprechende Veranstaltung. Wir nahmen an der Bar Platz, wo wir einen guten Überblick hatten und bemerkten auf unserem eigentlichen Stammplatz im Eck ein junges Paar mit einem durchaus attraktiven weiblichen Part. Wir hatten die beiden noch nie hier gesehen und nachdem sie die einzigen in Frage kommenden Gäste in der Bar waren, fragte sie meine geile nun Bald - Ehefrau, ob wir uns zu ihnen gesellen dürften. Sie hatten nichts dagegen und der Abend fand eine durchaus interessante Fortsetzung. Die beiden hatten sich zuhause schon Mut angetrunken, um sich hierher zu trauen. Er dürfte schon einige

Male als Beobachter hier gewesen sein und hatte sie an diesem Abend daheim mit Wodka abgefüllt, damit sie ihn endlich begleitete. Zu unserer Freude präsentierte er uns stolz, wie sich dazu anziehen musste. Sie trug unter dem Rock lediglich eine grobmaschige Netzstrumpfhose, wo sich ihre kahlrasierte Möse schön herausdrückte. In ihrem Zustand fand sie es auch ziemlich geil, dass sie so präsentiert wurde und spreizte ihre Beine vor uns, damit wir auch alles genau betrachten konnten. Meine zukünftige Ehefrau ließ sich die Gelegenheit nicht entgehen und beschäftige sich gleich einmal genauer mit dem schon nassen Fötzchen. Die Schamlippen drückten sich durch die groben Maschen der Strumpfhose schön nach außen, was sie gleich nutzte, um diese mit den Fingern zu erkunden. Das verfehlte natürlich nicht seine Wirkung und es bedurfte auch keiner langen Überredung, um sie nach hinten in eines der Zimmer zu lotsen.

Dort bescherte ihr meine baldige Gattin ihre lesbische Premiere und leckte und fingerte die anfänglich noch leicht widerständische Anfängerin in bis dahin unbekannte Hochgefühle. Doch für sie sollte es noch weitergehen. Nachdem sie von ihrer ersten Leckerin vernascht worden war, nahm sie ihr davon aufgegeilter Freund von hinten und fickte sie vor uns ordentlich durch. Doch nicht genug, er wollte die Gelegenheit nutzen und steckte sie Nase voran zwischen die Beine meiner geilen Ehefrau, die sich gerade aufgegeilt von der Verführung und Vorführung ihrer neuen Freundin selbst ihre nasse Fotze rieb. Sie nahm es freudig hin, dass unsere Eroberung nun ebenfalls zur Muschileckerin erzogen werden sollte. Nach anfänglichem Zögern erkundete sie mit ihrer Zunge auch hingebungsvoll die schon klitschnasse fremde Möse und leckte diese auch brav, bis sie zu zucken begann. Wir hatten nicht erwartet, dass dieser Abend für uns noch so ein heißes Ende nehmen würde. Für unsere Zufallsbekanntschaft blieb es wohl ein einmaliges Erlebnis. Als man sie einige Zeit später in der Straßenbahn traf, konnte sie meine Frau vor Scham nicht mal ansehen.

Hurra, er hat gebohrt!

Noch immer hatten nach eigentlich langer Suche unser ideales Paar immer nicht gefunden. Wir wünschten uns mittlerweile eines, mit dem alles möglich war – nicht nur die Befriedigung der bisexuellen Neigungen meiner geilen Ehefrau - sondern auch Sex mit dem jeweils anderen Geschlecht. Es war irgendwie lästig, hier immer abdrehen zu müssen. Zumeist lag es ja am männlichen Part, der nicht entsprach und so verhinderte, dass es nicht nur zum Sex zwischen den Frauen kam. Da mein Bi - Schweinchen nun schon diverse Muschis gekostet hatte und dieser Teil nun nicht mehr unbedingt Priorität 1 hatte, beschlossen wir, einfach die Frau wegzulassen und uns einfach nur einen feschen Mann zu suchen, der sie gemeinsam mit mir verwöhnen sollte, also einen Hausfreund.

Nachdem wir mittlerweile das Internet für die Suche nach entsprechenden Bekanntschaften entdeckt hatten, suchten wir über die eine entsprechende Partnerbörse einen Mann nach unserem Geschmack – eher dunkelhaarig, sportlich und gepflegt, die anderen relevanten Eigenschaften würden wir dann schon testen. Wie immer hatten wir beim ersten Mal Glück – wir fanden M., Mitte dreißig, groß, dunkelhaarig, gepflegt und Zahnarzt, also dazu entsprechend gebildet und situiert. Wir trafen ihn beim ersten Mal in unserem üblichen Lokal in der Nähe unserer Wohnung und meine geile Ehefrau fand sofort Gefallen an unserer neuen Bekanntschaft. So würde das nächste Treffen schon in unserer Wohnung stattfinden und sie sollte ihren ersten Dreier mit zwei Männern erleben.

Wir sahen unserem ersten richtigen Treffen mit unserem künftigen Hausfreund natürlich mit steigender Erregung entgegen und machten uns davor mit unseren Phantasien gegenseitig geil. Doch schlussendlich ist es doch etwas Anderes in natura zu erleben, wie die eigene Partnerin von einem fremden Mann gefickt wird, als nur das Kopfkino ablaufen zu lassen. Doch dieser Abend wie auch noch einige andere danach mit ihm sollten unsere Vorstellungen noch übertreffen. Meine Ehefrau liebte es von ihm gefickt zu werden und ich liebte es (ich liebe es bis heute) dabei zuzusehen, wie sie gefickt wird. Damals sah ich dem natürlich noch mit gemischten Gefühlen entgegen – schon beim ersten Mal war es dann ganz anders als ich es mir ausgemalt hatte.

Meine schon geile Frau hatte sich für den Besuch unseres künftigen Hausfreunds ihre Möse spiegelglatt rasiert und war in schwarze Spitze geschlüpft um ihn ordentlich heiß zu machen. Zur abgemachten Zeit klingelte es unten an der Haustür und kurz darauf stand er bei uns in der Wohnung. Wir lockerten die Stimmung mit Prosecco, betrieben etwas Smalltalk bis sich meine nun schon wirklich sehr geile Ehefrau auf die Couch setzte und meinte sie würde sich jetzt endlich ausziehen. Darauf hatten wir nur gewartet und nahmen rechts und links neben ihr Platz. Sie war bis auf ihre Strümpfe nun splitternackt und blickte erwartungsvoll auf M., der sich gleich mal über ihre festen großen Titten hermachte. Sie wichste langsam unsere immer steifer werdenden Schwänze und begann dann lustvoll an dem für sie neuen zu saugen, während sie sich ihre Fotze rieb, die schon tropfnass war und erwartungsvoll juckte.

Ihr neuer Hausfreund revanchierte sich sofort dafür und begann die glatte Muschi zu lecken. Er bearbeitete ihren Kitzler, bis sie sich zu winden und zucken begann und fand dann, er hätte sie genügend vorbereitet. Ich hielt den Atem an, als er den Gummi über seinen Steifen streifte, ihr Becken zu sich zog und mit seiner Eichel ihre geschwollenen Schamlippen teilte. Endlich glitt ein fremder Schwanz in das wartende Loch meiner Frau, die genussvoll aufstöhnte und sich gegen seine Stöße stemmte um ihn tief in ihrer Fotze zu spüren. Ich wichste langsam meinen

Schwanz und bemühte mich bei dem geilen Anblick nicht gleich abzuspritzen, da ich sie natürlich auch noch ficken wollte. Es dauerte nicht lang und der Bohrer unseres Zahnarztes war erfolgreich – das Stöhnen der Patientin wurde immer lauter bis sie mit einem lauten Schrei zu ihrem ersten Orgasmus an diesem Abend kam. Auch ihr Lover beschleunigte nun seinen Rhythmus und spritzte seinen Saft das erste Mal in den Gummi. Nach einer Erholungspause bearbeiteten wir die geile Fremdfickerin gemeinsam und stopften ihr gleichzeitig Mund und Möse. Ich war fasziniert, mit welcher Leidenschaft sie den Schwanz von M. lutschte. Ich liebe es heute noch, wenn sie nach einer geilen Session mit anderen Männern im ganzen Gesicht nach Schwanz riecht. Nachdem wir beide sie auch von hinten hergenommen hatte durfte sie sich auf den Rücken legen und endlich den ersehnten Lohn empfangen. Sie wichste unsere Schwänze über sich leer und wir spritzten unseren Saft in ihr Gesicht und auf ihre geilen Titten.

Das war der Auftakt für einige Treffen mit M. Es war immer wieder wunderbar, mit welcher Begeisterung sich meine Ehefrau unserem Hausfreund widmete. Für sie war es natürlich geil, dessen Schwanz zu saugen und zu spüren oder sich von ihm lecken zu lassen und für mich war es geil, dieses Schauspiel mitzuerleben und dabei zu sein. Es ist bis heute eine Mischung aus Geilheit, Stolz und Eifersucht, wenn sie freudig ihre Beine spreizt um einen anderen Schwanz als jenen ihres Ehemanns in ihr Loch zu lassen. Diese Details sind mir erst später beim bewussten Zusehen aufgefallen. Wie gesagt, wir trafen unseren ersten Hausfreund noch lange, zuerst in Wien und dann auch noch nach unserer ersten Kinderpause am Land. Wir probierten einiges zusammen aus, so ließ sie sich auch hie und da von ihm in ihren engen Arsch ficken. Es gibt auch einige geile Fotos davon mit seinem Schwanz in ihrem engen Hintereingang und seinem Sperma in ihrem Gesicht oder einen geilen Film, in dem sie auf seinem Schwanz in den Orgasmus - Himmel reitet.

Mit der Zeit hatte man jedoch das Gefühl, er kam nur zu uns um sich zu befriedigen, der erotische Touch war irgendwie verflogen. Zudem hatte er eine Zeitlang eine Freundin aus Thailand, die ihn Zeit und Geld kostete. Er meldete sich dann Jahre später wieder und da wir ja sowieso auf der Suche nach einem Hausfreund waren, luden wir ihn natürlich gleich wieder zu uns nach Hause ein. Diese Story findet sich dann in den folgenden Kapiteln.

Hochzeitsreise

Währenddessen legalisierten wir unser Verhältnis und wurden auch offiziell zu Mann und Frau. Wir spielten kurz mit dem Gedanken, unseren Hausfreund zur Hochzeit einzuladen und die Hochzeitsnacht quasi standesgemäß zu zelebrieren, aber wir wollten dann doch lieber unter uns sein. Zudem hätte seine Anwesenheit möglicherweise zu Fragen geführt.

Auch von der Hochzeitsreise gibt es keine außergewöhnlichen Erlebnisse zu berichten (jedenfalls keine, die unser Liebesleben betroffen hätten). Wir hatten zwar ein Couples Hotel gewählt, es war offensichtlich jedoch keines für Leute, die etwas offener miteinander umgehen. Das nämliche Hotel war gleich in der Nachbarschaft – die hatten aber eh keinen so schönen Strand.

Zumindest hatten wir einen FKK – Bereich an unserem Strand, den wir auch weidlich nutzten und wo meine frisch angetraute Gattin ihre glatte Muschi in die Sonne halten konnte. Ansonsten gab es halt Sex zu zweit, aber ein paar geile Fotos mussten trotzdem sein.

Neuer Zahnarzt mit großem Bohrer

Nachdem uns unser erster Hausfreund quasi abhandengekommen war, machten wir uns auf die Suche nach adäquatem Ersatz. Das war ja technisch schon um einiges leichter als in alten Zeiten, aber irgendwie doch mühsamer, da das Mailschreiben im Internet doch einfacher und unverbindlicher ist als Briefe zu schreiben. Erfreulicherweise fanden wir bald auch einen neuen Spielgefährten, der – wie es der Zufall so will – ebenfalls Zahnarzt war. Da wir die schöne Erfahrung gemacht hatten, dass diese Zunft ganz gut mit ihrem Bohrer umgehen konnten, luden wir diesen zu uns nach Hause ein um ihn dahingehend näher unter die Lupe zu nehmen. Es gab nichts an ihm auszusetzen, außer dass er meinte, sich als armer verlassener Mann darstellen zu müssen, was wohl eher eine Masche war. Daraufhin meinte meine geile Ehefrau (nun auch schon tatsächlich) ihn nach dem üblichen Smalltalk und gegenseitigem Vorstellen trösten zu müssen. Als sie seinen Bohrer aus der Unterhose befreite, weiteten sich ihre Augen – dieser Zahnarzt hatte die die übernächste Bohrer - Größe eingepackt und diesen Bohrer hielt sie nun in ihren Händen. Mit leidenschaftlichen Lutschen und Lecken an seinem Kopf schaffte sie es, ihn dann noch etwas wachsen zu lassen. Inzwischen machte sich unser Besucher an ihrem schon geschwollenen Kitzler und ihren Titten zu schaffen, um ihr Loch ordentlich glitschig und aufnahmefähig für seinen Prügel zu machen.

Sie hatte zwar ihre Zweifel, ob sie diesen Riesenschwanz in ihrer Muschi unterbringen würde, aber die Geilheit und Neugier siegte. Fasziniert sah ich zu, wie meine geile Ehefrau den gewaltigen Steifen unseres neuen Freundes in ihr geiles nasses Loch aufnahm und er dieses ordentlich weitete. Als sie sich an die Ausmaße gewöhnt hatte begann er sie rhythmisch zu ficken, was sie mit genussvollem Stöhnen hinnahm. Sie stieß ihm ihr Becken zwar etwas vorsichtiger als gewohnt entgegen, aber sonst war nichts davon zu merken, dass der Schwanz in ihr doch andere Ausmaße als bisher gewohnt hatte. Nachdem er sie von vorne genommen hatte, setzte sich auf ihn um ihn in ihrer schon klatschnassen Möse auf und ab gleiten zu lassen, bis sie ein gewaltiger Orgasmus durchschüttelte. An diesem Abend war keine zweite Runde mehr drinnen, sie musste ihrer Muschi nach dieser gewaltigen Anstrengung eine Erholungspause gönnen. Sie holte sich noch den Saft aus unseren beiden Schwänzen und ließ sich dann erschöpft in die Couch zurücksinken. Sie zeigte uns anschließend mit stolzem Lächeln ihr weit offenstehendes Loch, das gerade von ihrem ersten BC hergenommen worden war.

Es blieb aber leider trotz allem bei dem einzigen Besuch des Zahnarztes mit dem großen Bohrer in der Hose. Das eine Mal war zwar wirklich geil für sie, doch es reichte auch vollkommen. Ständige Bohrungen in dieser Dimension waren doch nicht erstrebenswert, obwohl ich diesen Anblick gerne öfter genossen hätte.

Der andere Eingang

Kurz darauf hatte es sich dann auch zugetragen, dass wir den Mann mit dem Jaguar kennenlernen durften. Auch dieser war eine Bekanntschaft aus der bekannten Singlebörse, die auf unseren Suchaufruf nach einem neuen Hausfreund reagierte. Laut seiner Zuschrift betrieb er die Befriedigung geiler Frauen, meist zusammen mit seinem Freund, recht professionell, daher waren wir neugierig darauf, die Künste der beiden auch ausprobieren zu dürfen.

Wir trafen uns in einer Cocktailbar im ersten Bezirk und waren positiv überrascht von unserem Date. Er entsprach optisch, vielleicht bis auf die Größe, eigentlich genau dem Typ Mann, den wir uns vorstellten. Leider kam er alleine, da sein Fick – Kumpel an diesem Abend keine Zeit hatte, aber das sollte uns nicht daran hindern, ihn näher kennenzulernen.

Im Laufe des Abends erzählte er uns, dass er mit seinem Freund zumeist den DP praktizierte, also die beiden die Frauen in beide Löcher gleichzeitig beglückten. Meine geile Ehefrau stand Analverkehr nicht gerade mit großer Begeisterung gegenüber, er meinte jedoch, noch jede Frau vom Gegenteil überzeugt zu haben. Er wäre Meister darin, das Arschloch einer Frau entsprechend vorzubereiten, sodass sie dann Freude daran hätte, von hinten genommen zu werden. So wurde auch meine Frau neugierig und bevor die Neugier und das Interesse wieder abkühlen konnte, machten wir uns auf zu unserem Haus, um zu sehen, ob er sein Versprechen in die Tat umsetzen würde können.

Schon bei der Hinfahrt zu uns, die wie bereits angedeutet, in seinem Jaguar stattfand, holte ich ihre Titten aus ihrem Kleid und massierte sie sanft was uns so schon während der Fahrt nach Hause ziemlich scharfmachte. Bei uns angelangt, ging es ohne Umwege gleich auf die Couch und sie durfte ihm nach ihren geilen Titten auch noch ihre glatte Muschi präsentieren. Sein Schwanz war schon ziemlich steif und doch von nicht ganz unerheblichen Ausmaßen, ich fragte mich ob er diesen in ihrem engen Hintern unterbringen würde. Als ersten Gang gab es zur allgemeinen Entspannung einmal einen „normalen" Fick und in das gewohnte Loch passte sein Ständer offensichtlich sehr gut rein, denn die beiden erlebten zusammen einen ersten explosiven Höhepunkt.

Nach einer kurzen Erholungsphase ging er aber dazu über, sein Versprechen in die Tat umzusetzen. Ich hatte bereits unser Gleitmittel aus dem Schlafzimmer geholt, das er nun auf das Arschloch meiner Frau tropfen ließ. Sie lag mit weit gespreizten Beinen auf dem Rücken, damit er guten Zugang zu ihrem Hintern hatte und genoss es, wie er langsam mit seinen Fingern in sie eindrang. Er schien wirklich ein Meister seines Fachs zu sein – oder meine Frau war so neugierig, ob es bei ihr auch funktionierte, sodass er sie bald mit drei Fingern in den Arsch fickte. Das war einer der Momente, die unglaublich geil waren aber in dem ich mich fragte, ob das eigentlich normal war, was wir so trieben. Ich saß neben meiner Frau, die ihre Löcher einem bis vor kurzem wildfremden Mann präsentierte und es genoss, dass er ihr seine Finger in das enge Arschloch steckte. Es war aber ein herrlicher Anblick, das mitanzusehen. Ich kann es nur jedem empfehlen.

Nun war sie entsprechend entspannt, um es auch mit einem Schwanz aufnehmen zu können und hielt ihren Hintern erwartungsvoll in die Höhe um den nun erweckten Gusto auf einen geilen Arschfick auch befriedigt zu bekommen. Ich hätte es nur zu gern gesehen, wie unser Jaguarmann ihr seinen Schwanz zuerst hineinschieben würde, aber er war von der ersten Runde noch nicht ganz erholt. So nutzte ich die Gelegenheit, meiner geilen Ehefrau wieder einmal den Schwanz in den Hintern stecken zu können (ich bin ja auch nur ein Mann). Da der geile Anblick von vorhin schon sehr anregend gewesen war, dauerte es auch nicht lange und ich spritzte ihr meine Saft in ihr heißes Loch. Sie besorgte es sich dabei selbst und wichste sich dann vor uns noch zum nächsten Orgasmus. Wie so oft, war es wieder ein höchst befriedigendes Erlebnis für alle Beteiligten.

Wir wären natürlich sehr neugierig darauf gewesen, beim nächsten Mal auch seinen Freund kennenzulernen, um zu testen, ob das auch ein zweites Mal funktionieren würde bzw. ob sie wirklich so ein talentiertes Duo wären. Doch leider (für uns) verliebte sich unser Jaguarmann bald darauf in eine ihrer Bekanntschaften und so mussten wir wieder auf die Suche gehen...

Neuanfang

In den folgenden Jahren tat sich dann in dieser Hinsicht nicht viel - kurz mal unterbrochen durch die bereits genannte Videosession mit unserem HF, da unsere Kinder zur Welt kamen und wir natürlich anderweitig beschäftigt waren. Als die beiden dann keine nächtliche Betreuung mehr benötigten und wir abends wieder Zeit für uns hatten, begannen wir uns wie früher auf die Suche nach neuen Spielgefährten zu machen. Mittel der Suche war wie zuvor das gewohnte Internet - Forum für Vielschreiber und hier hatte sich eigentlich kaum etwas geändert. Dazu kam noch, dass wir unseren Nachwuchs noch nicht mit einem Babysitter alleine lassen wollten / konnten und kaum ein Pärchen das erste Treffen bei einem anderen Paar gleich zuhause abhalten wollte. Wir hatten zwar den einen oder anderen Besuch, doch es war nicht wirklich Leute dabei, mit denen es zu Ausschweifungen kam bzw. das wir dann noch öfter treffen wollten. Doch dann trafen wir in besagtem Internetportal auf zwei geile Deutsche, die damals in Wien wohnten namens

St. und M. Geil ist hier wirklich angebracht, denn die beiden lebten ihre entsprechende Gesinnung wirklich aus, was auch ihre Fotos auf ihrem Profil zeigten. Den beiden war von Gruppensex mit Mann und Frau bis zu Natursektspielchen eigentlich nichts fremd – eigentlich wie uns in den besten Zeiten, doch nochmal ein bisschen extremer. Dazu waren sie geil genug bzw. hatten sie den Mut, auch gleich beim ersten Mal zu uns (und hoffentlich bei uns) zu kommen.

Das erste Treffen, bestand einmal nur aus Kennenlernen, auch wenn es uns schwerfiel, da uns die beiden wirklich sehr sympathisch waren, doch das zweite gleich danach hatte es vom ersten Moment an in sich. Am vereinbarten Abend läuteten unsere neuen Bekannten pünktlich an der Tür und ich bat die beiden noch nichtsahnend herein. Nach der Begrüßung ließ St. den Mantel fallen - und war darunter quasi nackt. Sie trug nur Büstenhebe und Strapse, uns beiden fielen fast die Augen aus den Höhlen. Sie spazierte jedoch unter unseren erstaunten Blicken als wäre sie ganz normal bekleidet zur Couch und nahm dort Platz. Es war also nicht zu verhehlen, dass die beiden an diesem Abend nicht nur Smalltalk mit uns machen wollten. M. hatte den Fotoapparat (so etwas wurde damals noch benutzt!) mitgebracht und hielt den Fortgang des Abends bildlich fest - diese Fotoserie ist immer wieder schön anzusehen und natürlich hilfreich bei der Erinnerung daran.

Soweit man auf den Fotos sehen kann, blieb die recht dürftige Bekleidung unseres weiblichen Gastes nicht ohne Wirkung bei meiner geilen Ehefrau und so begannen sich die beiden Damen nach nicht allzu langer Zeit hingebungsvoll zu küssen. Jedenfalls begann St. dann bei der Gastgeberin zu testen, ob ihre Küsse die Wirkung nicht verfehlt hatten und steckte ihr die Finger zum Feuchtigkeitstest in ihre Möse. Da dieser offensichtlich noch nicht ganz zu ihrer Zufriedenheit verlaufen war, begann sie ihre neue Freundin mit den Fingern zu ficken und verwöhnte dabei ihre steifen Brustwarzen mit der Zunge. Dort hielt sie sich aber nicht lange auf und wanderte mit ihrem Mund zur glattrasierten Muschi meiner geilen Ehefrau, um die nun aufgekommene Feuchtigkeit zu genießen. Diese Kombination führte auf der anderen Seite bald zu einem ersten Orgasmus, dem ersten den mein immer noch sehr bisexuelles Schweinchen seit langer Zeit von einer anderen Frau verschafft bekam. Sie wollte da natürlich nicht zurückstehen und begab sich zur sehr phantasievoll rasierten Muschi von St., um sich das von der Nähe anzusehen. Sie legte sich unter die bereitwillig geöffneten Beine ihrer Freundin und zeigte, dass ihre Liebe zu nassen Fotzen nicht unter der langen Pause gelitten hatte. St's Kitzler wurde mit Zunge und Fingern bearbeitet, bis auch diese nervös mit dem Hintern zu zucken begann und meiner eifrig leckenden Ehefrau ihr nasses Loch immer stärker ins Gesicht presste. Es dauerte nicht mehr lange bis sie über ihr zum ersehnten Orgasmus kam. Danach ging es jedoch nur weiter wie früher, denn trotz ihrer Geilheit waren unsere Gäste keine Freunde des PT. Wie wir viel später erfuhren, aber eigentlich nur

St., denn sie war ziemlich eifersüchtig und wollte nicht, dass ihr Freund eine andere Frau fickt. M. und ich nahmen daher jeder die eigene Frau bzw. Freundin und besorgten es ihnen nebeneinander auf unserer Couch. Obwohl ich meistens nicht so wirklich daran interessiert war, einem anderen Paar dabei zuzusehen, waren das nach längerer Zeit wieder mal ein geiler Anblick, da die beiden auch wirklich attraktiv waren. St. genoss es, mit Zusehern ihren Manu zum Orgasmus zu reiten, während meine Frau ihr die Titten und den Kitzler massierte. Anschließend hatte M. wieder Zeit zum Fotografieren - die Fotosession ging hier noch weiter. Er hielt noch fest wie sich meine geile Ehefrau – endlich wieder mit Publikum - zum Orgasmus masturbierte. Das musste für sie unbedingt dabei sein - sie liebt es, wenn ihr andere Leute dabei zusehen. Ebenso mag sie es, wenn ich ihr dabei auf die Titten spritze, was ich natürlich gerne und endlich zum Abschluss für sie machte. Danach wies sie M. noch an, mir den Schwanz sauber zu schlecken und hielt das noch bildlich fest.

Wie so oft war der erste geile Abend gleich der Höhepunkt. Sie besuchten uns dann nochmals - als Überraschung für ein anderes Paar, das wir damals hie und da trafen. Wir hatten zwar auch zu sechst einigen Spaß an diesem weiteren Abend, doch dieser blieb dann aus eher unerfindlichen Gründen der letzte gemeinsame. Wir versuchten sie noch einige Mal zu kontaktieren, doch sie hatten dann immer Ausreden, um uns nicht treffen zu müssen. Jahre später schrieb uns M. wieder an, nachdem er sich von St. getrennt hatte und meinte sie konnten damals aufgrund ihrer Eifersucht keine andere Paare mehr treffen. So war das leider wieder nur eine geile aber kurze Episode.

Die Schlacht bei Aspern Teil I

Danach fanden wir kein passendes Paar, das alle unsere Wünsche abgedeckt hätte. Mit den beiden deutschen Geilisten war es zwar nett, aber es war halt wieder nur die Frauenschiene ohne Partnertausch und bei dem anderen Paar, das wir zweimal trafen, hätte er zwar Interesse gehabt, aber mit ihm wollte wieder meine Ehefrau nicht. Es ging dann eigentlich damit weiter, dass wir uns nun eher wieder darauf verlegten, einen Hausfreund zu suchen – wir fanden aber gleich mehrere auf einmal.

Wir wurden in unserer gewohnten Internetbörse von einem interessierten Mann kontaktiert, der uns schrieb, dass er nicht nur sich, sondern auch den einen oder anderen seiner Freunde zur Verfügung stellen könnte. Das war für uns etwas völlig Neues – nun ging es schon in die Richtung Herrenüberschuss und Gang Bang. Das wäre schon beim Jaguarmann (siehe Kapitel „Finger im Hintern") der Fall gewesen, aber da blieb es schließlich ja auch nur bei einem Mann. Auf der einen Seite war das etwas, das wir früher eigentlich strikt abgelehnt hatten. Auf der anderen Seite war es doch reizvoll und verlockend, meine geile Ehefrau inmitten mehrerer Schwänze zu sehen, die nur darauf warten, endlich in ihr stecken zu dürfen. Sie liebt es ja, angespritzt zu werden, da würden mehrere Männer natürlich auch für mehr „Material" sorgen können. Schlussendlich siegte unsere Neugier und wir begaben uns nach Aspern, um unseren neuen Internetfreund namens R. und seine Freunde zu treffen. Falls sie nicht zusagen würden, könnten wir ja einfach wieder umdrehen. Es war ein Sommertag Anfang August, die Kinderlein waren bei Oma, also Zeit genug uns das einmal anzusehen. Als wir dort in den Garten kamen, warteten er und seine Freunde, darunter auch der Hausherr namens M., schon auf uns. Dieser war auch der attraktivere Typ der Truppe, der Rest, von dem sich der nächstbeste eher dem Alkohol zuwandte war eher durchwachsen, sodass ich annahm, dass wir uns nach einem Plausch wieder verabschieden würden. Doch meine geile Ehefrau trieb die Neugier und sie wollte es trotz allem einmal ausprobieren. So blieben wir da und setzten wir uns noch eine Weile zu ihnen in den Garten, bis uns die Mücken und die Neugier auf das nun Folgende ins Haus trieben.

Die Teilnehmer hatten nichts dagegen, dass ich das Geschehen filmisch festhalten wollte und platzierten sich im Wohnzimmer auf der Couch schon mal erwartungsvoll rund um meine nun doch schon leicht aufgeregte Frau. Jener der vier, der den Alkohol vorgezogen hatte (leider, dann er gehörte zur attraktiveren Hälfte des Quartetts) blieb irgendwo anders im Haus liegen, so begannen schlussendlich drei geile Typen, meine heiße Ehefrau zu befummeln. Da die kommenden Ereignisse ja filmisch festgehalten sind, kann ich die heiße Szenerie auch schön detailgetreu beschreiben und muss mich nicht, wie zuvor, auf meine nicht immer vollständigen Erinnerungen verlassen. Ich warf die Kamera an und hielt drauf und konnte immer noch nicht ganz glauben, dass unsere Phantasien hier nun Realität werden sollten. Innerhalb kurzer Zeit war meine geile Ehefrau splitternackt und hatte in jeder Hand einen Schwanz und mehrere Hände auf ihrem Körper, die ihre Fotze und ihre Titten zu erkunden begannen. Die Griffe auf ihrem Körper wurden bald direkter und zielsicherer. M. war oben beschäftigt und H. massierte mit kreisenden Bewegungen ihre glatte Möse. Währenddessen wichste sie mit einem freudigen Lächeln die beiden Schwänze, die immer steifer wurden. Um ihre Fotze ganz zugänglich zu machen hob M. ihr Bein und legte es auf seinen Schoß und dann begann sie schon, ihr Becken den kreisenden Fingern entgegen zu schieben. Nun beugte sie sich vor und kostete zuerst den linken, dann den rechten Schwengel, was der jeweils andere wieder ausnutzte, um ihre nackten Titten, zu liebkosen. Diese Position war jedoch bald unbequem und unpraktisch, worauf das Quartett ins Nebenzimmer auf das Bett wechselte.

Dort legte sich am Rücken, spreizte die Beine und wartete nun schon ziemlich aufgegeilt, was die drei Hengste mit ihr vorhatten. Nun konnte auch R., der Organisator zu ihr und steckte ihr seinen Prügel in den Mund. Im Gegensatz zu den anderen hatte er kein Interesse am Ficken, sondern ließ sich nur den Schwanz blasen. Abwechselnd saugte er an ihren Titten, wo die Warzen nun schon steif abstanden und fickte sie mit langsamen Stößen in den Mund. Währenddessen kümmerten sich die beiden anderen um die immer nasser werdende Möse meiner geilen Frau. M. begann nun seinerseits ebenfalls an ihren Titten zu saugen. Sie genoss es mit geschlossenen Augen, seinen muskulösen Körper auf ihrem zu spüren und zog ihn ganz an sich. Doch er blieb nur kurz auf ihr und spreizte ihre Beine weit auseinander. Wie bereits erwähnt, faszinierte es mich immer wieder von neuem, wie sie innerhalb kurzer Zeit frei von allen Hemmungen war und einer Runde von Männern, die sie eben erst kennengelernt hatte, ihre nackte Fotze präsentierte. Ich konnte mitansehen, wie sie mit ihrem Becken zu kreisen begann, sie war nun schon heiß. Sie genoss es richtig, wie die Geilheit in ihr größer und größer wurde und widmete sich immer wieder den Schwänzen links und rechts von ihrem Gesicht während M. mit seinen Fingern langsam ihr nasses Loch bereit machte. Die folgenden Augenblicke finde ich immer wieder höchst erotisch - sie schaute kurz zu mir und schenkte mir ein glückliches Lächeln, dann wechselte H., der sich inzwischen einen Gummi über seinen Steifen gestülpt hatte, zwischen ihre Beine, wobei sie ihm bereitwillig Platz machte. Dann hatte sie endlich zwei neue Schwänze in ihr – H's in der Fotze und R's im Mund. H. begann meine inzwischen lustvoll stöhnende Frau rasch zu ficken, aber sie hatte sich schon sehr gut um seinen

Schwanz gekümmert, sodass er sich kurz darauf auf ihren Bauch ergoss, was sie erfreut mit ansah. Ich liebe den Anblick von Sperma auf ihrem herrlichen Körper.

Daraufhin übernahm nun endlich M. das vorgefickte Loch und steckte ihr seinen Steifen bis zum Sack hinein. Meine Ehenutte hatte die Beine angezogen, um ihn tief in ihr zu spüren und ließ sich mit geschlossenen Augen langsam stoßen. Ich betrachtete das herrliche Schauspiel von hinten aus nächster Nähe und konnte sehen, wie sich ihre Schamlippen um seinen Schaft schmiegten. Sie erwiderte seine rhythmischen um immer schneller werdenden Stöße mit ihrem Becken und begann nun immer lauter zu stöhnen. Nun zählte nur noch der harte den Schwanz in ihr, der sie immer schneller fickte und mit einem lauten Stöhnen überrollte sie ein gewaltiger Orgasmus. Auch M. röhrte wie ein Hirsch als er seinen Saft ins Loch (dort leider in den Gummi) meiner Ehefrau jagte.

Doch es ging noch weiter. R. wollte ebenfalls nun endlich kommen und sie bearbeitete seinen Schwanz mit Mund und Händen. Währenddessen hatte Mike schon wieder die Finger in ihrer immer noch nicht abgekühlten Möse. Nun musste sie sich selbst nochmal Erleichterung verschaffen. Während andere Leute nicht mal zugeben, dass sie masturbieren, wichste sich meine geile Frau vor vier höchst interessierten Zusehern weit gespreizt ihre nasse durchgefickte Fotze bis sie mit einem erlösenden Aufschrei nochmal zum Höhepunkt kam, während ihr der Rest auf die Titten spritzte. Jetzt war Zeit für eine Pause.

Doch noch hatten die drei - kurzzeitig wurden es wieder vier oder sogar 5 mit mir - und auch meine geile Ehefrau nicht genug. Nachdem der Flüssigkeitsverlust ausgeglichen und die Schwänze gekühlt waren, kniete sie bald wieder am Bett, Arsch in der Höhe und viele Hände und Münder auf ihr. Sie saugte an verschiedenen Schwänzen, während ihre Löcher auseinandergezogen, begutachtet und geleckt wurden. Anscheinend ist es höchst erregend, von fremden Leuten das Arschloch inspiziert zu bekommen. Mittlerweile war auch der vierte im Bunde wieder wach geworden und probierte seine Leckkünste an meiner Frau aus, während sie die restlichen Schwänze wieder steifsaugte. Um das Ganze nicht in Gruppenkuscheln ausarten zu lassen, begab sich H. wieder zwischen ihre gespreizten Beine und begann wie schon zuvor, sie als erster zu ficken, was ihre Geilheit wieder in die Höhe schnellen ließ. M. widmete sich anschließend hingebungsvoll ihrem schon durchgefickten Loch, und ließ seinen Mittelfinger immer wieder tief hineinrutschen. Nachdem auch der Organisator ein zweites Mal seine Ladung losgeworden war, genossen meine Frau und M. noch einen kleinen Abschlussfick. Der Abend hatte sich wirklich ausgezahlt - als wir einige Stunden zuvor in den Garten gekommen waren, hätten wir nie gedacht, dass dieser Abend noch so einen geilen Verlauf nehmen und wir ihren ersten Gang Bang erleben würde. Diese neue Freundschaft war auf alle Fälle noch ausbaufähig.

Im Club

Von diesen Geschehnissen leicht euphorisiert, begaben wir uns bald danach auf die Suche nach ähnlichen Erlebnissen. Da wir nicht gleich wieder auf diese Truppe zurückgreifen wollten, suchten wir in der lokalen Clubszene nach annehmbaren Typen für einen Abend mit Herrenüberschuss. Als wir vor einiger Zeit das erste Mal in einem der Wiener Clubs gewesen waren, hatte uns die vorhandene Auswahl an potentiellen Fickern ziemlich überfordert und es war bis auf Wichsen am Gang meiner geilen Ehefrau und einem eher kurzen Fick in einem Eck zu nichts gekommen. Im Nachhinein betrachtet eher schade, da auch genug annehmbare Typen da gewesen wären, aber wir wussten an diesem Abend noch nicht wirklich, wie wir die Spreu vom Weizen hätten trennen können.

Dieses Mal hatten wir jedoch mehr Glück. Wir waren ziemlich früh dort, außer uns hatten noch nicht viele Gäste den Weg in den Club gefunden und das waren zudem fast ausschließlich Männer. So konnten wir die Räumlichkeiten in Ruhe erkunden und uns auf die Suche nach einem geeigneten Plätzchen für uns machen. Zudem hofften wir, dass möglicherweise der eine oder andere der Gäste, die uns von der Bar aus beobachtet hatten, uns folgen würde. Nach Begutachtung der Stockwerke entschieden wir uns schließlich für die Liebesschaukel. Sie legte sich hinein – herrlich sie so am Rücken mit gespreizten Beinen zu sehen – und begann sich gleich einmal die Fotze zu reiben.

Ich machte es ihr zwischen ihren Beinen mit meinem Schwanz nach, bis mein Schwanz bereit für einen geilen Schaukelfick war. Dann nahm ich meine Frau auf der Schaukel ordentlich her, konnte aber rundherum schon die nachgefolgten Herren sehen, die mit heruntergelassenen Hosen ihre schon steifen Schwänze wichsten bei dem Anblick, den meine Ehenutte ihnen bot. Da sie es immer sehr erregte, als Wichsvorlage zu dienen, hatten sie bald ihren ersten Höhepunkt.

Mittlerweile waren es 5 bis 6 Männer geworden, die rund um uns standen und wichsten. Ich trat ein paar Schritte zurück um ihnen Zutritt zu meiner Frau zu verschaffen. Sie lag nun noch immer mit weit gespreizten Beinen in der Schaukel und kümmerte sich um die Schwänze, die ihr gereicht wurden. Die anderen wichsten sich neben ihr weiter, bis sich der erste auf ihre Titten ergoss. Nach und nach waren also soweit – die einen durch ihre eigenen Hände, die anderen durch die ihrigen und spritzten sie von oben bis unten ordentlich voll. Sie zeigte mir nun stolz ihre Vorderseite, die voll war mit dem Saft ihrer Kavaliere. Nun hatte sie auch endlich ihre ersehnte Bukkake - Party.

So schön der Anblick meiner vollgespritzten Frau auch war – irgendwann begannen die Säfte zu erkalten und trocknen und so begab sie sich noch unter den glücklichen Blicken der fertigen und den traurigen der zu spät gekommenen Zuseher unter die Dusche. Nach einem Abschlussgetränk war auch für uns der Clubabend wieder beendet – kurz und (k)nackig.

Die Schlacht bei Aspern – Teil II

Im Winter war es wieder soweit – R. versammelte seine beiden Kumpane bei M. und wir besuchten die geile Truppe in der Hoffnung auf eine Wiederholung der geilen Orgie vom Sommer. Nun kannte man sich ja schon und brauchte sich nicht mehr lange mit Small Talk und langen Vorspielen aufzuhalten. Ein paar Gläschen Prosecco zur Auflockerung mussten schon sein, aber dann saß man alsbald wieder nackt auf der Couch und die drei testeten, ob sich das Fickobjekt immer noch so anfühlte wie ein paar Monate zuvor. Ich packte natürlich meine Kamera wieder aus, um diese geilen Szenen für späteres Auffrischen der Erinnerung (sprich Ansehen und dabei wichsen) zu archivieren. Meine geile Ehefrau sorgte mit ihrem „Höschen" für Aufsehen, denn dieses bestand nur aus dem Mittelteil einer normalen Unterwäsche, der zwischen die Schenkel geklemmt wird und war zudem vorne auch noch offen – sehr schmuckvoll und praktisch. Auf der Couch entwickelte sich wieder die übliche Fummelei mit Schwänze wichsen und blasen sowie Tittenmassieren und Finger auf und in der Fotze, bis alle heiß genug für einen Ortswechsel ins anliegende Schlafzimmer waren.

Dazwischen wurde meiner Ehefrau eine Maske und ein Halsband angelegt, denn sie wollte endlich einmal alles spüren ohne zu sehen, wer gerade etwas mit ihr anstellte und den drei Geilisten als „willenloses" Sexobjekt zur Verfügung stehen. Das nutzen diese auch weidlich aus – sie lag sogleich mit gespreizten

Beinen am Rücken und hatte sechs Hände auf ihr, die ihren Körper erkundeten. Überraschenderweise konzentrierten sich die meisten davon auf ihre Titten und ihre schon klatschnasse Öffnung zwischen den Beinen. R. fickte sie wie schon auf der Couch hingebungsvoll in den Mund und M. massierte ihren Kitzler worauf sie bald begann, rhythmisch mit dem Becken zu zucken. Die ungewohnte Situation machte sie wirklich heiß, aber die fremde Kitzler -Massage war ihr zu wenig und so begann sie, sich vor allen selbst ihre Fotze zu reiben bis sie nahe an ihrem ersten Orgasmus war. Dann stoppte sie aber und widmete sich wieder den drei Schwänzen rund um sie. So geil hatte ich meine geile Ehefrau noch selten gesehen, sie bettelte nun förmlich darum, endlich genommen zu werden. Die Situation, nichts zu sehen und nur zu spüren, schien wirklich sehr erregend für sie zu sein. Doch die drei ließen sie noch zappeln. M. massierte wieder ihren Kitzler, bis sie ein erster Orgasmus aufstöhnen ließ, R. wichste währenddessen seinen Schwanz in ihren Mund und kam gleichzeitig mit ihr. Den ersten Schwall bekam sie in ihren Mund, die restlich Spritzer gingen ins Gesicht und auf ihre Titten, da sie durch den Orgasmus zu zucken und schreien begann und R. seinen Schwanz nicht in ihrem Mund halten konnte.

Nun war es endlich soweit – R. und M. fixierten ihre Hände und sie machte die Beine breit für H's Steifen, der sie gleich hingebungsvoll zu ficken begann. Endlich wurde ihr nasses Loch gefüllt und sie erwiderte laut stöhnend seine Stöße, bis er in den

Gummi abspritzte. Nun war endlich ihr Liebling M. an der Reihe – doch anders als sie es erwartet hatte. Er drehte sie auf den Bauch und legte sich auf sie, wobei er mit seinen Händen ihre Arme fixierte. Mit einem Ruck steckte er ihr seinen Prügel in das vorgefickte Loch und begann sie mit immer schnelleren Stößen zu ficken. Sein Sack klatschte rhythmisch gegen ihren Arsch als er sie von hinten nahm. Ihr Stöhnen ging jetzt mehr und mehr in Lustschreie über - sie wurde endlich als reines Fickobjekt benutzt. In ihre Schreie mischte sich mittlerweile auch das Röhren von M., der seinen Saft in den Gummi jagte und auch meine Frau verkündete mit einem lauten Lustschrei ihren Höhepunkt. Erschöpft und glücklich drehte sie sich auf die Seite und nahm ihre Maske ab. Nun war es Zeit für eine Pause.

Im zweiten Akt an diesem Tag sollte die kleine Sau nun endlich einmal ihre Sünden büßen. Nur Schweinereien genießen geht nicht. Meine geile Ehefrau hatte sich am Bett hinzuknien und den Arsch herauszustrecken – was sie auch ohne Zögern tat. Sie fand wie immer nichts dabei, anderen Männern ihre nackten Löcher zu präsentieren. R. nahm die Gerte und begann ihr damit den Hintern zu versohlen, während die beiden anderen ihre Titten kneteten. Klatschend landete ein Schlag nach dem anderen auf ihren Pobacken. Sie zuckte zwar jedes Mal, wenn die Gerte auf ihren Hintern traf, der sich langsam rötete, aber die Schläge schienen sie mehr aufzugeilen als dass sie schmerzten. Anschließend übernahm M. und begann ihren Hintern mit der Gerte und der Hand zu bearbeiten. Dazu steckte er ihr noch den Finger ins Arschloch. An der Art wie sie bereits wieder mit dem Becken zu zucken begann konnte ich sehen, dass sie nun schon wieder bereit für mehr war. Nun ließ M. auch noch seine Finger in ihre schon wieder nasse Fotze wandern worauf sie ihm gleich den Hintern entgegenstreckte und zu stöhnen anfing. M. fickte sie langsam mit dem Mittelfinger, was sie aber nicht lange aushielt. Meine bereits wieder aufgegeilte Ehefrau drehte sich um, spreizte die Beine und begann ihre glatte Muschi zu wichsen. Wie immer hatte sie keine Hemmungen dabei, sich vor Zusehern selbst laut stöhnend einen Orgasmus zu verschaffen. Nachdem M. und H's Schwänze nicht mehr funktionstüchtig gemacht werden konnten, schnappte sie sich eben den Schwanz des Kameramanns. Meine geile Ehenutte wollte nun zum Abschluss auch noch von mir angespritzt werden. Sie legte sich wieder auf den Rücken und präsentierte uns ihre glatte nasse Möse, während die beiden Geilisten ihre Titten kneteten. Erwartungsvoll präsentierte sie uns ihren Kitzler während ich - aufgegeilt durch die vergangenen Stunden - nicht lang brauchte, bis ich meinen Saft auf ihre Muschi und ihre Schenkel spritzte. Das machte sie gleich wieder so geil, dass sie sich vor uns noch einmal selbst zum Höhepunkt brachte. Nun war aber auch für die geilste Ehefrau von allen Schluss.

Das waren die beiden Schlachten von Aspern, beide geil und mit viel Verlusten an Flüssigkeiten. Da ihr M. recht gut gefiel, versuchten wir nach einiger Zeit wieder mal Kontakt aufzunehmen, doch lt. R. war er inzwischen gebunden und „seriös". An den anderen hatten wir kein Interesse, so blieb es bis heute bei den zwei Gang Bangs.

Am Schiff

In unserer gewohnten Internetplattform fanden wir einen Partyveranstalter, der Zusammenkünfte für aufgeschlossene Leute auf einem Partyschiff an der alten Donau organisierte. Wir hofften, dass sich dort auch für uns etwas Interessantes ergeben würde und so meldeten wir uns zu dieser Party an.

Wir wurden vor dem Schiff von den Veranstaltern mit einem Glas Sekt empfangen und gingen dann weiter an die Bar der Location, wo sich schon einige der anderen Besucher befanden, die wie immer wartend und die Neuankömmlinge taxierend, herumstanden. In einem Kamin brannte ein Feuer und im Gegensatz zu draußen war es hier schon fast unangenehm heiß, wahrscheinlich um die Gäste zu animieren, ihre Kleider bald abzulegen. Da wir von den Anwesenden im Barbereich niemanden kannten, spazierten wir weiter und kamen in einen Raum mit verschiedenen Stehtischen, Sitznischen und auch einer Tanzfläche. Wir ließen uns an einem der hohen Tische nieder und musterten einmal, ob etwas Annehmbares für uns dabei war. Das Publikum bestand augenscheinlich fast nur aus

Paaren, Herrenüberschuss würde es für meine geile Ehefrau heute einmal nicht geben. Einige der Paare waren ganz attraktiv, also harrten wir der Dinge, die da kommen könnten. Leider erwiesen sich die restlichen Gäste nicht als sonderlich kontaktfreudig bzw. miteinander bekannt, sodass wir den Abend mehr oder minder zu zweit verbrachten.

Wir waren neugierig, wo sich hier mehr als trinken und schauen abspielen könnte und bemerkten, dass im Laufe der Party immer wieder und dann immer öfter verschiedene Paare im Unterdeck verschwanden. Nach einer kleinen Erkundungstour war auch klar wieso - dort waren die Räumlichkeiten für weitere Aktivitäten eingerichtet. Als sich dann eines der interessanten Paare nach unten aufmachte, folgten wir ihnen einfach, denn oben würde sich wohl kaum was ergeben. Die beiden hatten es sich gleich auf dem ersten Bett bequem gemacht und waren schon im Begriff, sich auszuziehen. Wir setzten uns auf die Couch gegenüber und betrachteten das interessante Schauspiel. Angetan von den beiden rückte meine Frau näher und gab zu verstehen, dass sie gerne einmal den Platz des Mannes einnehmen würde. Die beiden am Bett hatten nichts dagegen, worauf die beiden Damen begannen, sich zu küssen und umgehend der der noch vorhandenen Kleidung zu entledigen. Die Küsse und das gegenseitige Erforschen wurden rasch heftiger und zielgerichteter und verlagerten sich zunehmend zwischen die Beine der beiden. Zuerst wurden die Muschis noch mit den Fingern bearbeitet, dann gingen die beiden Frauen aber zu direktem Kontakt über und rieben ihre mittlerweile klatschnassen Fotzen heftig aneinander. Das machte Lust auf mehr und die neue Freundin meiner Ehefrau begann mit ihrem Mund nach unten zu wandern um zu ihrer geilen Möse zu gelangen, die sie mit ihrer Zunge intensiv bearbeitete. So konnte auch ihre Bettpartnerin nicht nachstehen und steckte ihrerseits die Zunge in das nasse Loch ihrer neuen Bekanntschaft. Es dauerte auch nicht lange und das gegenseitige Lecken und Saugen an den Kitzlern führte bei beiden zu einem erlösenden Höhepunkt. Nach dem heißen Lesbenspiel machte das Paar wieder weiter, wo wir es unterbrochen hatten und wir verabschiedeten uns. Wir trafen uns dann danach beim Auffüllen der Flüssigkeitsverluste noch an der Bar zum Smalltalk, aber leider vertiefte sich die Bekanntschaft nicht weiter.

Später am Abend beschlossen wir dann, nochmal eine Runde in den Partygemächern zu drehen und nachzuschauen, ob sich noch etwas Interessantes abspielen würde. Die Betten und Bänke unten waren mittlerweile gut besucht und auch dazwischen und daneben standen die Paare und waren mit Blasen, Lecken und Fummeln beschäftigt. Am Gang erspähten wir ein Paar, bei dem uns beide sehr gut gefallen hatten. Er stand mit mittlerweile ohne Hose da und sie hockte mit gespreizten Beinen vor ihm und blies ihm seinen Schwanz. Ich wies meine geile Ehefrau an, sie dabei zu unterstützen, was sie auch gleich mit Begeisterung machte. Während die beiden sich um seinen Steifen kümmerten, rieben sie sich gegenseitig den Kitzler. Jedoch kam von den beiden keine weitere Reaktion, dass sie mehr mit uns machen wollten, daher gingen wir weiter zur großen Liegewiese, wo wir gerade noch ein Plätzchen am Eck bekamen. Meine wie immer zeigefreudige Frau wollte dem Publikum jetzt noch ihre glatte nasse Fotze zeigen und legte sich auf das Bett. Dort wichste sie sich mit weit gespreizten Beinen und ließ sich dabei von den Paaren rundherum zusehen. Mich hatte ihre Blasunterstützung und ihre Zeigefreudigkeit natürlich ebenfalls schon geil gemacht, daher rieb ich meinen Schwanz noch über ihr und spritzte auf ihre nackten Titten während sie ihren Kitzler zur Freude der Zuseher bis zu ihrem zweiten Orgasmus an diesem Abend rieb.

Die Partys auf dem Schiff waren zwar ganz nett, aber für uns war irgendwie zu wenig Action. Zudem waren die meisten anderen Paare miteinander bekannt, sodass wir eigentlich nicht wirklich Anschluss fanden. Einige Zeit später besuchten wir auch die nächste Veranstaltung dort, aber da spielte sich dann gar nichts mit anderen Leuten ab. Diese Partys können wir wieder ad acta legen.

Auf zur Party

Ich meine mich entsinnen zu können, dass wir den Tipp zu den Partys von F. in einem anderen Internetforum von R. bekamen, zumindest wüsste ich jetzt nichts Gegenteiliges. Wir eröffneten also ein Profil auf dieser Plattform und begannen uns mal umzusehen. Dort werden die verschiedenen Events sehr gut aufgelistet und angekündigt, sodass wir bald einmal auf das F. – Profil stießen und dort auch auf die Vorschau auf die verschiedenen Partys. Da gab es, was das Herz (oder was auch immer) begehrte, von der Pärchenorgie bis zur Orgie mit gehörigem Herrenüberschuss. Da meine geile Ehefrau nunmehr auf den Geschmack gekommen war, was diese Form lustvollen Miteinanders betraf, meldeten wir uns gleich einmal bei der extremsten dieser Partys an. Es stand ausdrücklich dabei, dass diese Veranstaltung nur für Leute geeignet sei, die nicht viel Anlaufzeit brauchten, also genau das, was wir wollten. Da wir damals noch einen Babysitter brauchten, wenn wir am Abend ausgingen, waren wir daran interessiert, unsere Aktivitäten in verhältnismäßig kurzer Zeit zu erledigen und nicht ewig Zeit mit dem Drumherum zu vergeuden – Zeit war Geld. Falls es uns bei dieser Art der Party doch zu wild werden würde, könnten wir die Veranstaltung ja wieder verlassen. Nachdem wir dann kurz zuvor vom Veranstalter die entsprechenden Instruktionen bekommen hatten – Adresse, Uhrzeit usw., machten wir uns auf den Weg eben dorthin. So sollte es dann auch bei den folgenden

Veranstaltungen sein, wenn wir die Anmeldung rechtzeitig schafften, denn diese Events sind immer innerhalb kürzester Zeit ausgebucht. Ich werde hier auch unsere ersten paar GG – Orgien gleich gemeinsam abhandeln, denn im Prinzip waren es ja dann zumeist die gleichen (neuen) Bekannten, die uns dort über den Weg liefen. Hie und da kam dann der eine oder andere interessante Mann neu dazu – was wir in der Folge meistens auch ausnutzten.

Dort angekommen (pünktlich – ist sehr wichtig, sonst bleibt man draußen) wurden wir mit einem Glas Sekt begrüßt, meine bald wieder geile Ehefrau zog sich um (in der Folge auch bald einmal gleich aus, denn ihr Gewand hat sie dann zumeist sowieso nicht lange an) und begaben uns dann in die Partyräumlichkeiten. Einige Gäste hatten sich schon in den eigentlichen Partyraum vorgewagt, der mit Couches und Matratzen sehr bequem ausgestattet war, der Großteil stand noch im Vorraum an den Stehtischen. Alles wartete gespannt, wer als erster loslegen würde und taxierte die nächsten Neuankömmlinge. Wir wagten uns dann auch ins Zentrum vor und setzten uns auf eine Couch im Raum, um uns einmal Überblick über das Geschehen zu verschaffen. Die restlichen Gäste waren mit den Gegebenheiten offensichtlich mehr vertraut als wir, denn rund um uns ging es bald ziemlich zur Sache. Das ließ uns natürlich nicht kalt und bald kniete auch meine Ehefrau schon wieder nackt auf der Couch und hatte einen Schwanz in der Muschi und einen zweiten im Mund.

Wir lernten dann im Laufe dieses Abends und auch der nächsten Abende z.B. das Muskelpaket M. kennen, der sich immer wieder hingebungsvoll meiner Frau annimmt, aber kaum aufhören kann, bis er sie bis zur Erschöpfung durchgefickt hat. Bei einem unserer ersten „Zusammenkünfte" konnte er sogar nicht widerstehen, meiner Frau auf ihre geilen Titten zu spritzen, nachdem er ihr den einen oder anderen Orgasmus verschafft hatte. Da er Stammgast auf diesen Veranstaltungen ist, vergeht auch kaum ein Event ohne dass er sie beglückt.

Bei unserer ersten Party lernten wir auch den Gastgeber näher kennen, der zu uns auf die Couch kam um besonders den weiblichen Neuankömmling näher unter die Lupe zu nehmen. Dieser wurde dann außen und innen einer genauen Leibesvisitation unterzogen, was den beiden offensichtlich auch einiges Vergnügen bereitete. Dann versenkte auch M. seinen Schwanz in meiner Frau und führte sie quasi in den Kreis seiner geilen Partystuten ein.

Dann gibt es da noch A., den „spontanen" Bodybuilder, der mit Körper und Standhaftigkeit punkten kann. Bei einer Party – glaube mich aber zu entsinnen, dass das die einzige mit geringem Herrenüberschuss war, die wir besuchten - war er unsere Rettung, sprich der einzige annehmbare Mann. Zumeist sitzt er nur auf der Couch und wartet mit aufgerichtetem Schwanz auf die willigen Damen, sodass auch meine geile Ehefrau auf ihm gerne einem Orgasmus entgegenreitet. Beim Abspritzen hat er jedoch so seine Probleme.

Bei einer der letzten Partys trafen wir auf einen Lehrer namens K., schon etwas älter und nicht wirklich der Typ meiner Frau. Doch im Gegensatz zu den meisten anderen war er nicht auf Ficken aus, sondern wollte ihr nur auf die Titten spritzen, was ihr natürlich besondere Freude bereitete. Zuerst verwöhnte er ihren Kitzler und ihr nasses Loch ausgiebig und langsam mit den Fingern, was fast ein ungleich geileres Erlebnis war. Es war viel intimer, wie meine geile Ehefrau neben mir langsam zum Orgasmus gefingert statt hart durchgefickt wurde. Anschließen wichsten wir beide unsere Schwänze auf ihre geilen Titten leer. Danach unterhielten wir uns im Vorraum noch ein bisschen und trafen dort auch eine alte Freundin wieder. Leider nicht vor dem Tittenspritzen mit K., denn sie hätte ich gerne einmal probiert. Das ist irgendwie das lustig – seltsame an solchen Partys: Ein paar (fast) nackte Menschen stehen herum und reden über belanglose Dinge, ohne dass das irgendwem unangenehm wäre bzw. man unterhält sich mit Leuten, die kurz zuvor ihre Finger oder Schwänze in Deiner Frau gehabt haben. So etwas hätte ich mir früher auch kaum vorstellen können.

Da diese Veranstaltung nicht allzu oft stattfindet (alle drei bis vier Monate), freuen wir uns immer wieder darauf. Es ist immer wieder ein Erlebnis, die eigene Frau stöhnen und schreien zu hören, während ein fremder Schwanz ihr nasses Loch bearbeitet – eigentlich unerhört das auch noch ansehen zu müssen...

BCC

Eines schönen Tages wurden wir im Internetforum von einem netten Pärchen gefragt, ob wir nicht an einer Party mit ein paar strammen Jungs aus Frankreich teilnehmen wollten. Man hätte diese in Cap d'Agde kennengelernt und nun würden sie einige Tage nach Wien auf Besuch kommen. Da meine geile Ehefrau beim Thema Herrenüberschuss ja mittlerweile auf den Geschmack gekommen war, sagten wir spontan zu. Wir waren hier mittlerweile ziemlich abgebrüht bei derartigen Einladungen, wenn die Party bzw. die Gäste nicht nach unserem Geschmack sein sollten, könnten wir ja wieder gehen. Als der Abend näher rückte, ergaben sich jedoch Terminschwierigkeiten mit dem organisierenden Paar und es stellte sich heraus, dass sie und wir nicht am gleichen Tag und Uhrzeit die vier Jungs, die sich in einem Appartement in Wien eingemietet hatten, besuchen konnten. Man schlug uns dann vor, dass wir sie alleine besuchen sollten und fragte nebenbei, ob es uns eh nichts ausmachen würde, dass es sich dabei um vier schwarze Männer handelt. Wir waren im ersten Moment doch einigermaßen überrascht und meine geile Ehefrau noch dazu leicht beängstigt. Wenn man bestimmten Gerüchten vertrauen konnte, waren solche Burschen zumeist besser ausgestattet als der durchschnittliche weiße Mann. Doch wie immer siegten Lust und Neugier, zudem würde dies in Österreich eine ziemlich einmalige Gelegenheit sein. Wir willigten also ein, die Besucher aus Frankreich auch alleine aufzusuchen. Es wäre zwar geil gewesen, wenn sich die Damen vorher noch gegenseitig heiß und nass gemacht hätten, aber meine Ehefrau hatte sowieso lieber alle für sich alleine. Als wir dann dort ankamen, brauchte sie auch keine Helferin mehr, um nass zu werden. Alle vier der schwarzen Jungs aus Frankreich waren durchaus annehmbar – auch wenn es natürlich Abstufungen im internen Vergleich gab. Wir wurden sehr freundlich begrüßt – die Sympathie, zumindest jene zu dem potentiellen Fickobjekt, beruhte offensichtlich auf Gegenseitigkeit – und auch bewirtet. Man bemühte sich, meine Frau entsprechend locker zu machen im Hinblick auf das, was sie noch erwarten würde. Die Verständigung war etwas schwierig, da nur zwei von ihnen Englisch konnten, aber daran würde es in der Folge nicht scheitern. An die genauen Namen kann ich mich leider nicht mehr erinnern und will sie hier natürlich auch nicht preisgeben, darum werde ich unsere neuen französischen Freunde der Einfachheit halber von I – IV nummerieren.

Als man nun meinte, genug des oberflächlichen Kennenlernens absolviert zu haben, gingen die vier und meine Frau zum nächsten Schritt über. Ich hatte auf Verdacht die Kamera mitgenommen – so ein Erlebnis würden wir wohl nicht so schnell wiederhaben und das gehörte daher festgehalten. Freundlicherweise hatte sie nichts dagegen.

I, der auch der bestaussehende der Partie war, geleitete meine schon geil aufgeregte Ehefrau schließlich zur Couch und widmete sich einmal ihren Titten, während II, der hauptsächliche Übersetzer, ihre Muschi zu massieren begann. Nun gab es kein Zurück mehr, sie blickte nun aber mehr erwartungsvoll denn ängstlich von einem zum anderen. II kniete sich nun vor sie und leckte und fingerte ihre Muschi, während I weiter an ihrem Nippel saugte. Sein Mund wanderte nach oben und traf sich mit den Lippen von meiner Frau. Das bemerkte ich erst richtig, als wir uns die Szenen dann als Film anschauten. Es war bis dato der einzige Kuss, den sie mit einem ihrer Ficker ausgetauscht hatte und ich fand es irgendwie höchst erregend, da es das ganze irgendwie intimer erscheinen ließ. Er verließ dann kurz die Couch um kurz darauf dann nackt wieder zurückzukommen und saugte sich gleich wieder an ihren Nippeln fest. Nun hatte meine Frau ihren ersten schwarzen Pimmel in der Hand und ich konnte feststellen, dass alle Gerüchte über den schwarzen Mann nicht nur wahr, sondern eher untertrieben sind. Sie massierte ehrfürchtig den braunen Schaft und begann dann vorsichtig daran zu saugen. Mittlerweile hatte sich auch III dazugesellt und das Lecken ihrer Muschi übernommen.

II war inzwischen nackt und hielt ihr nun auch seinen Schwanz vor das Gesicht - dieser war noch einmal größer als jener von I und sie musste den Mund ordentlich aufmachen, um die Eichel hineinzubekommen. Sie saugte wie wild an dem braunen Ungetüm, das immer größer und größer wurde. III leckte sie inzwischen heftig weiter und brachte sie bald zu ihrem ersten

Orgasmus an diesem Abend. Sie war nun richtig geil und hatte auch diesmal keine Hemmungen, sich vor fremden Männern fallen zu lassen und zu kommen.

Nun wurde es aber ernst. IV kniete sich zwischen die Beine meiner nun nassen und bereiten Ehefrau, nahm ihre Beine auf die Schultern und steckte ihr seinen Steifen hinein, Trotz seiner Größe glitt der schwarze Pimmel problemlos in das schon sehr nasse Loch hinein und sie erlebte mit hoch aufgerichteten Beinen ihren ersten BC Fick. Daneben hatte sie noch immer den Pimmel von II im Mund - sie wurde vorne und hinten beglückt. Sie lachte mir glücklich zu - sie war im 7. Himmel. Wenn ein Schwanz aus ihr herausgezogen wurde, ließ sie die Beine gleich in der Luft - wir konnten alle ihre glatte offene Fotze sehen. Sie benahm sich schon wie eine richtige Fickstute - ich war unheimlich stolz auf meine Frau. Als wir auf dem Heimweg waren, sagte mir, dass sich die schwarzen Schwänze trotz ihrer Größe besser als andere anfühlten, da sie nicht so hart sind.

Nun war I an der Reihe - er kniete sich zwischen ihre aufgerichteten Beine und schlug zuerst mit seiner Eichel ein paar Mal auf ihren Kitzler, um ihn noch weiter zu reizen und anschwellen zu lassen. Dann steckte er seinen Pimmel in das bereits geweitete Loch und begann sie ordentlich durchzuficken. Ich musste mir das unbedingt von der Nähe ansehen und postierte mich mit der Kamera hinter ihm. Hier konnte ich sehen, wie sein dicker Schwanz in der aufgebohrten Fotze meiner Ehefrau steckte und sich ihre Schamlippen um den dicken Schaft schmiegten. Ihr Stöhnen wurde mit seinen Stößen immer heftiger und lauter bis sie schließlich mit einem lauten Schrei explodierte.

Nun wurde sie auch noch von seinen Kollegen gefingert und gefickt, besonders III rammelte sie ohne Gnade durch. Ich hatte schon Bedenken, ob sie das lange durchstehen würde, aber sie ließ sich nichts anmerken und genoss ihren GangBang. Schließlich übernahm noch einmal I, ihr Liebling, und fickte sie an den Rand ihres nächsten Orgasmus. Dann hatte sie aber genug von den schwarzen Pimmeln in ihrem Loch - sie wollte die Belohnung haben.

Meine geile Ehefrau legte sich auf den Boden und begann ihre Fotze zu reiben - sich vor anderen selbst zu befriedigen, musste immer dabei sein. I bis IV stellten sich rund um sie auf und wichsten ihre Schwänze. Bald trat der erste vor und ließ seinen Saft auf ihre Titten spritzen, was sie in einen heftigen Orgasmus trieb, als sie das heiße Sperma auf ihr spürte. Einer nach dem anderen spritzte sie schließlich voll. Erschöpft aber glücklich lag sie schließlich vor uns, bedeckt mit einer Menge Sperma.

Vielleicht haben wir irgendwann einmal die Möglichkeit, so etwas wieder zu erleben. Bei uns in Österreich war es sicher ein absoluter Glücksfall und wohl kaum wieder machbar (es sei denn, unsere vier Freunde kommen wieder mal zu Besuch). Meine geile Ehefrau hat diese neue Erfahrung jedenfalls voll ausgenutzt und ausgekostet. Ich war mal wieder erstaunt, was sie so ohne Hemmungen mit sich anstellen lässt.

Zahnarztbesuch – Revival

Nach langen Jahren meldete sich zu unserer Überraschung unser erster Hausfreund wieder. Da wir zufälligerweise kurz darauf einen freien Abend hatten, luden wir ihn zu uns nach Hause ein. Er war zwar etwas älter geworden – natürlich, wir hatten ihn doch fast ein Jahrzehnt nicht mehr gesehen – war aber immer noch der gleiche attraktive Mann wie damals.

Wir hatten natürlich einiges zu bereden und zu erzählen über die Zeit, in der wir keinen Kontakt gehabt hatten und wie es uns so dazwischen ergangen war. Mit seiner thailändischen Freundin, die er damals reich beschenkt hatte (und die auch unter anderem mehr oder weniger der Grund für das Abreißen des Kontakts war), war es ziemlich schnell wieder vorbei gewesen – dafür hatte sie jetzt ein Haus und er ein paar Euro weniger. Mit der eigentlich geplanten vorzeitigen Pension würde es daher wohl nichts werden.

Doch um nicht die ganze gemeinsame Zeit mit Plauderei zu verbringen und da die geile Gastgeberin unseren alten wiederentdeckten Hausfreund immer noch sehr attraktiv fand, ergriff sie nun die Initiative um den weiteren Fortgang des Abends in eine andere Richtung zu lenken. Bei seinem Eintreffen hatte ich ihn ja schon mal dezent darauf hingewiesen, dass wir uns schon ein paar geile Stunden mit ihm vorstellten. Er durfte gleich einmal behilflich sein, ihr Arschloch von einem Analplug zu befreien (was er natürlich nur mit Widerwillen erledigte...).

Auf das Höschen hatte sie sowieso verzichtet, es würde ja sowieso gleich wieder ausgezogen werden. Daher kostete es sie nicht viel Mühe, ihm zu zeigen, dass ihre Fotze noch immer so geil und glatt war wie früher. Die restliche Kleidung war auch schnell ausgezogen und sie machte uns mit ihren Wichsspielen schnell wieder so scharf wie früher. Dann wurde auch mit Mund und Händen getestet, ob sich der Schwanz unseres Hausfreundes immer noch anfühlte wie früher. Dieser Test fiel offensichtlich zu ihrer Zufriedenheit aus, denn sie bearbeitete seinen Schwanz und seine Eier mit großem Vergnügen. Nun wurde der Test auf ihr bereits nasses Loch ausgeweitet und siehe da – er passte immer noch so gut wie früher hinein. Meine geile Ehefrau nahm auf dem aufgerichteten Steifen Platz, dem sie zuvor noch liebevoll einen Gummi übergestülpt hatte und ließ ihn genussvoll in ihre bereite Fotze hineingleiten. Es funktionierte noch genauso wie vor 10 Jahren, sie ritt auf ihrem früheren Lieblingsschwanz wieder einem Orgasmus entgegen. Doch dieser durfte noch nicht in ihr abspritzen, sie hatte noch anderes mit seinem Saft geplant. Meine Ehefrau befreite seinen Schwengel wieder, stülpte ihre Lippen über seine Eichel und begann ihn fachmännisch zu wichsen und zu blasen. Es brauchte nicht lange und er begann zu zucken und zu stöhnen – doch sie ließ seinen Schwanz nicht aus ihrem Mund – sie würde doch nicht...Bis dato hatte sie sich von ihm zwar ins Gesicht und auf einige andere Körperteile spritzen lassen, doch noch nie sein Sperma geschluckt. Aber heute machte sie mir diese Freude, ich konnte ihre Schluckbewegungen sehen, als ihr Ficker aufstöhnte. Danach lächelte sie mich schelmisch an - da hatte sich meine heiße Ehefrau wieder was Geiles einfallen lassen. Dann konnte ich natürlich nicht zurückstehen und steckte ihr meinen Schwanz, den ich beim Zusehen sowieso schon viel zu lange gewichst hatte, in den Mund. Wenn sie heute spermadurstig war, würden wir dem natürlich nach Kräften abhelfen. Es reichten ein paar Wichsbewegungen und ein bisschen Saugen und auch mein Saft floss in ihren Rachen.

Wir verabredeten anschließend mit unserem Hausfreund, dass wir dieses Erlebte bald noch mal auffrischen würden und er verließ uns endlich wieder mal befriedigt. Doch das nächste Mal sollte für uns (in erster Linie natürlich für meine geile Ehefrau) nochmal geiler werden.

Das erste Mal fremdgegangen

Wir wollten uns danach bald wieder einmal mit unserem früheren und derzeitigen Hausfreund treffen, doch bei uns zuhause ergab sich keine Gelegenheit mehr, da die Kinder keine gemeinsamen Freunde mehr haben und wir sie deshalb auch nirgends zum Schlafen abgeben konnten. So blieb nur mehr die Möglichkeit eines Treffens in einem Club oder Hotel, was er aber nicht wollte. Es war zu dieser Zeit auch gerade kein Babysitter aufzutreiben, wodurch die Idee aufkam, dass meine geile

Ehefrau ihn alleine besuchen sollte. Er hatte kein Problem damit (wieso auch), aber sie war anfangs nicht wirklich davon angetan. Aber wie so oft wurden die Bedenken von der Neugier und Lust auf einen anderen Schwanz beiseite gewischt und sie stimmte schließlich zu, alleine zu ihm zu fahren. Für uns war das etwas gänzlich Neues, schließlich hatten wir bis dato alle derartigen Erlebnisse miteinander gehabt. Es war ein seltsames Gefühl - einerseits wollte ich natürlich immer dabei sein, andererseits fand ich es wahnsinnig geil, dass sie irgendwo alleine von einem anderen Mann verführt und gefickt werden würde ohne dass ich es beeinflussen konnte. Da ich es aber trotzdem sehen wollte, was sie so trieb, nahm meine Frau unsere Videokamera mit, die schon so einiges gesehen hatte. Es war natürlich etwas Anderes als live dabei zu sein (was aber eigentlich mittlerweile Routine war), aber besser als nichts, denn eine „Liveschaltung" über das Handy scheiterte leider an der Verschiedenheit der Marken unserer Mobiltelefone.

So machte sich meine geile Ehefrau am vereinbarten Abend blankrasiert und verführerisch gestyled auf zu unserem Zahnarzt in den zweiten Bezirk. Ich bekam noch einen Anruf, dass sie gut angekommen war und sah sie erst danach - quasi leicht gebraucht - wieder. Der Großteil ihres Besuchs war als Film auf SD – Karte gespeichert, die sogleich in den Fernseher geschoben wurde. Gemeinsam wichsend führten wir uns zu Gemüte, was sie dort angestellt hatte:

Am Bildschirm erschien eine Ledercouch, auf die sich meine Frau, nur noch in Unterwäsche, niederließ. Sie schien schon leicht erregt, denn sie strich sich lächelnd über Muschi und Schenkel. Dann kam auch unser Hausfreund ins Bild, nur noch mit Unterhose bekleidet, und übernahm die Fotzenmassage bei meiner Frau. Währenddessen packte sie den schon ziemlich steifen, Schwanz aus und begann ihn zu verwöhnen. Seinem Stöhnen nach zu urteilen, machte sie das auch ganz hervorragend. Nun gingen sie zur Handarbeit über, sie rieb seinen steifen Schaft, während er die Möse meiner Frau befingerte. Nach und nach befreite er ihre herrlichen Titten aus dem BH und saugte an den aufgerichteten Nippeln, was sie augenscheinlich immer geiler machte. Dann ließ sie sich zurücksinken uns spreizte die Beine, damit er mit seiner Zunge an ihre nasse Möse kam. Er schob ihren Slip auf die Seite und leckte meine Fremdfickerin an den Rand eines Orgasmus, aber augenscheinlich wollte sie noch nicht kommen.

Nun befreite sie sich endlich auch von ihrem Höschen und holte einen Gummi aus der Tasche. Einmal noch wurde M's Steifer kräftig mit dem Mund bearbeitet, damit er auch schön steif für den anschließenden Ritt sein würde, dann schob meine geile Ehefrau den Gummi über seine Eichel und setze sich mit einem wohligen Seufzen auf den aufgerichteten Schwanz, den sie nun kräftig zu reiten begann. Ihrem Stöhnen nach zu urteilen, passte er auch außerordentlich gut in ihre Möse. Sie ritt unseren HF so heftig, dass er kaum den Schwanz in ihr halten konnte und brachte sich laut stöhnend wieder an den Rand des Höhepunkts. Aber wieder bremste sie sich vorher ein und stieg von ihrem Hengst ab. Anschließend kniete sie sich hin und hob ihren Arsch, damit er von hinten in sie eindringen konnte. Er nahm das Angebot dankend an und schob seinen Schwengel in das schon gut geschmierte Loch. Ihr Stöhnen wurden immer lauter, während er sie von hinten hernahm. Da die Kamera seitlich von ihnen am Tisch lag, konnte ich sehen, wie ihre Titten im Takt dazu hin- und herschwangen. Sie ließ sich wieder an den Rand des Orgasmus ficken, dann musste er stoppen, denn sonst hätte er wohl schon abgespritzt.

Sie setzten sich wieder auf die Couch und er begann ihren Kitzler mit den Fingern zu bearbeiten. Meine Ehefrau schloss die Augen, rollte ihre Nippel mit den Fingern und genoss seine Fingerspiele an ihrer Möse. Sie bedeutete ihm, dass sie jetzt endlich ihren Höhepunkt haben wollte, worauf er seine Kitzlermassage noch einmal verstärkte. Mit einem lauten Schrei entlud sich ihre Erregung endlich in einem intensiven Orgasmus. Alle Bedenken, die sie vor dem Besuch gehabt hatte, waren augenscheinlich wie weggewischt. Meine Frau genoss es, auch ganz alleine mit dem Hausfreund zu ficken und sich befriedigen zu lassen. Sie brauchte mich nicht mehr dabei als Beobachter und Aufpasser, sie machte es ganz allein für sich und ihre Lust.

Leider schaltete sie die Kamera dann aus. Sie erzählte mir aber, dass sie nach einer Pause noch einmal gefickt hatten und er sie noch angespritzt hatte. Das hätte auch noch sehr gut auf den Film gepasst – fremdes Sperma auf der eigenen Frau ist doch immer etwas Schönes!

Es war unheimlich geil, dann erst am Film sehen zu können, wie sie alleine ohne Hemmungen mit M. gefickt hatte. Es ist sicher entspannender, wenn nicht immer wer zusieht und wartet, dass es endlich Action gibt, auch wenn sie es nicht wirklich zugeben will. Leider fand sie die Wohnung nicht wirklich anregend (im Film war da nichts zu merken...), wodurch es keine Wiederholung ihres Besuchs gab. Daher haben wir uns dann auch nicht wiedergesehen denn bei uns zuhause ging es nicht und bei ihm zuhause wollte sie nicht...

Der widerspenstige Hausfreund aus der Bar

Im Zuge unserer Hausfreundsuche im damaligen Sommer stießen wir in unserem gewohnten Internetforum auf ein interessantes Profil. Das Foto war für meine geile Ehefrau sehr ansprechend und so nutzten wir eine Party in einer Swingerbar um ihn auch in natura kennenzulernen. Es war dort nicht schwer, ihn aus den Gästen herauszukennen, da das restliche Publikum größtenteils schon im fortgeschrittenen Alter war.

Der Profilersteller stellte sich als junger, dunkelhaariger Mann namens T. heraus, der meiner Frau sehr gut gefiel. Optisch hätte er also zum Hausfreund getaugt, aber er entpuppte sich leider nicht gerade als großer Antreiber in Sachen Ehefrau ficken. Wir machten eine Weile Smalltalk, berichteten über die bisherigen Erfahrungen im gemeinsamen Internetforum, mit Paaren (aus seiner Sicht) bzw. anderen Solomännern aus unserer Sicht, jedoch machte er kaum Anstalten das Thema nun auch zu vertiefen. Als dann das Kennenlernen und der Smalltalk zu langatmig werden drohte, ergriffen wir schließlich die Alternative und forderten ihn auf, uns in eines der hinteren Zimmer zu folgen. Da die Anziehung auf Gegenseitigkeit beruhte und er sie ebenfalls sehr attraktiv fand, brauchte es dazu auch keiner langen Überredungskunst. Wir hatten Glück, das verschließbare Zimmer war frei (er wollte leider keine weiteren Zuseher dabeihaben) und so begaben wir uns dort hinein um die nächste Stufe des Kennenlernens zu erklimmen.

Sie legte sich auf das Bett und wartete, bis wir uns unserer Oberbekleidung entledigt und uns neben sie platziert hatten. Nach ein paar vorsichtigen Streicheleien mit unserem neuen Freund schnappte sie sich seinen Schwanz und begann einmal genussvoll daran zu saugen. Durch die sorgsame Behandlung dauerte es nicht lange und er hatte ihren Wunschzustand erreicht. T. ließ sich jedoch noch etwas Zeit und erkundete noch das heiße und schon ziemlich nasse Loch meiner geilen Ehefrau. Dann war es endlich soweit – er streifte sich einen Gummi über seinen Steifen und begab sich zwischen die bereitwillig gespreizten Beine meiner Frau. Da ihre Fotze mittlerweile tropfnass war, rutsche er auch gleich mit einem Ruck in sie hinein und begann sie mit langsamen Stößen zu ficken. Sie wollte T. an ihrem Körper und auch tief in ihrer heißen Möse spüren und zog in fest an sich. Er pumpte immer schneller in sie hinein und stieß ihm im selben Rhythmus ihr Becken entgegen bis sich ihre Geilheit endlich in einem Orgasmus entlud.

Nun war ich an der Reihe – nachdem sie sich etwas erholte hatte, zog ich ihren geilen Arsch zu mir und steckte ihr meinen Schwanz von hinten in das eben vorgeweitete Loch, sie wichste inzwischen den Schwanz ihres neuen Lieblings. Als ich den Saft aufsteigen spürte, dreht ich sie auf den Rücken und wir wichsten beide unsere Steifen, bis wir ihr unsere Säfte auf die nackten Titten meiner Ehefrau spritzten, die sich wie immer zum Abschluss selbst die Fotze vor uns rieb. Auch ohne Publikum war das ein durchaus gelungener und befriedigender Abend. Wir ließen diesen anschließend noch bei einem Getränk ausklingen und tauschten noch unsere Telefonnummern aus, mit dem Vorsatz, das Erlebte bald einmal zu wiederholen.

Es dauerte aber einige Zeit bis sich die Gelegenheit dazu bot, da er dazwischen (lt. seinen Nachrichten) eine andere Gespielin kennengelernt hatte. Das war aber offensichtlich nicht von langer Dauer und er bald wieder für uns verfügbar. Die Swingerbar, in der wir uns das erste Mal getroffen hatten, veranstaltete eine CMNF – Party (clothed men naked female), wo auch unser neuer Freund wieder dabei sein würde. Es war dazu natürlich sehr reizvoll, meine geile Ehefrau dort nackt vorführen zu können und auch sie freute sich darauf, sich unverhüllt einerseits dem Publikum als auch gleich ihrem neuen Lieblingsficker zeigen zu können. Sie mochte seinen Körper wie auch seinen Schwanz und so freuten wir uns wieder auf ein geiles Erlebnis zu dritt.

Der Tag der CMNF – Party rückte also näher und am Abend begaben wir uns nach Wien in besagte Bar. Die Damen mussten in der Garderobe die Kleider ablegen, hier wurde streng darauf geachtet, dass das Motto auch eingehalten wurde. Anschließend geleitete ich meine geile Frau nur in Strümpfen und High Heels in die Bar. Es muss ein sehr erregendes Gefühl sein, fast splitternackt den Raum zu betreten und die gierigen Blicke der Männer auf sich zu spüren. Sie genoss es wirklich, sich ganz nackt zu zeigen und ich genoss einerseits ihr Vergnügen daran als auch die gierigen Blicke der anwesenden Männer auf ihren geilen Titten und ihrer blanken Möse.

Auch T. ließ nicht allzu lange auf sich warten, zeigte aber wieder wenig Ambitionen, mit meiner schon sehr geilen Ehefrau bald zu machen, worauf sie schon sehnsüchtig wartete – nämlich auf seinen Schwanz in ihr nasses Loch zu stecken. So ergriff sie die Initiative und ging einmal vor zu unserem üblichen Spielzimmer, während ich unseren Fickkameraden fast schon dazu überreden musste, ihr zu folgen. Als wir jedoch dann hinten angekommen waren, brauchte es nicht mehr viel Zutun denn meiner bereits geilen, weil den ganzen Abend schon nackten und bewunderten, Frau konnte er nicht widerstehen. Damit sie sich ihrem Hengst ganz hingeben konnte, hielt ich mich diesmal ganz heraus und begnügte mich, den beiden bei ihrem geilen Treiben zuzusehen. Es brauchte nicht viel, seinen Schwanz einsatzbereit zu machen, dann zog sie ihn sogleich auf sich, denn sie konnte es kaum mehr erwarten, ihn in ihre mehr als bereite Fotze aufzunehmen. Es war ein herrlich geiler Anblick, wie sie sich engumschlungen dem Höhepunkt entgegen fickten. Ich konnte es mir live von hinten ansehen, wie sein Steifer immer wieder schmatzend in ihrem nassen Loch verschwand und ihre Schamlippen sich um den Schaft schmiegten. Wie immer fand ich es am erregendsten, wie sie ihre Beine um ihren Hengst legte und in noch tiefer in sich hineindrückte. So hielt sie sich diesmal auch nicht damit auf, seinen Schwanz vor dem Abspritzen herauszuziehen, sondern ließ sich zum Orgasmus bringen während er seinerseits in ihr (leider natürlich in den Gummi) abspritzte. Dann bekam ich meine befriedigte und glückliche Ehefrau wieder zurück.

Seitdem haben wir unseren Fast – Hausfreund leider nicht mehr getroffen, er treibt sich – soweit wir das auf unserem Internetportal sehen können – zumeist in besagter Swingerbar herum. Partys sind offensichtlich nicht so das seine, jedenfalls haben wir ihn nie auf einer getroffen.

Halloween, die 1.

Über das Internetforum ereilte uns einige Zeit später überraschend – wahrscheinlich aufgrund des Fotos von meiner Frau in unserem Profil – die Einladung zu einer Halloween Party bei uns am Land. Dieses Paar war bei Insidern schon bekannt für heiße Partys im Sommer, doch auch zu Halloween wurden offenbar nicht weit von uns in einem Dorf in der Nähe interessante Partys veranstaltet. So machten auch wir uns auf den Weg dorthin, um uns das mal anzusehen. Wir landeten eigentlich mehr oder weniger auf einem Firmengelände und suchten gemeinsam mit einem anderen Paar, das gleichzeitig mit uns angekommen war, den Eingang. Als wir fündig geworden waren, wurden wir dahinter von einer Empfangsdame begrüßt, die uns anschließend durch einen Gang voller Special - Effects schickte. Hier lauerten uns diverse Horrorgestalten auf und schlussendlich stieg am Ende des Schreckensweges sogar noch der Hausherr höchstpersönlich aus dem Sarg, um uns zu empfangen. So kamen also wir dann doch einigermaßen er- und verschreckt bei den eigentlichen Partyräumlichkeiten an.

Wir begaben uns geradewegs zur Bar um auf den Schock einmal etwas zu trinken und das übrige Partyvolk zu mustern. Die einen oder anderen kamen uns von anderen Veranstaltungen bekannt vor, jedenfalls aber dürften sie schon Halloween - Party erfahren gewesen sein, da sie im Gegensatz zu uns entsprechend verkleidet waren. Das Motto war „Schwarz", so hatten wir uns auch gekleidet, dass man hier fast um die beste Verkleidung wetteiferte war uns im Vorfeld noch nicht bekannt. Wir waren also wieder mal Neulinge und standen daher etwas abseits, da sich die meisten anderen gut zu kennen schienen. Der Abend verlief im Gegensatz zu anderen Veranstaltungen, die wir regelmäßig besuchen, etwas schleppend, Party stand offensichtlich zu Beginn einmal im Vordergrund. Es kam kaum zu irgendwelcher Action rund um uns, zudem waren auch kaum Gäste dabei, die uns gereizt hätten. Zwei Paare begaben sich dann im Laufe des Abends auf die Betten im Partyraum, aber auch das war ziemlich langatmiges Gefummel und Gestreichel anstatt heißer Fickszenen. So gaben die vier dann auch wieder auf, nachdem sich niemand sonst zu ihnen gesellte. Trotzdem leerte sich dieser Raum mit der Zeit und wir hielten einmal Nachschau, was sich in den anderen Räumlichkeiten so tat. Auf der einen oder anderen Matratze wurde dann schon fleißig gefickt, aber wie gesagt, zumeist unter bereits bekannten Paaren, zudem waren eigentlich keine Solomänner zugegen. Ein besonders hübsches Paar, auf das wir ein Auge geworfen hätten, beobachtete leider die Szenerie nur und nahm nicht am allgemeinen Durcheinander teil.

So beschlossen wir, uns wenigstens für uns beide ein Fickplätzchen zu suchen und stießen dabei auf das Büro des Hausherrn. Dort stand ein Gynostuhl - mit einer hübschen Dame darauf, bei welcher der Herr des Hauses schon mit Finger und Zunge zugange war. Wir nahmen auf der Couch Platz um uns das Geschehen anzusehen, meine geile Ehefrau hielt es dort aber nicht lange und sie ging dem Hausherrn bei der Behandlung der jungen Dame hilfreich zur Hand. Das nutze dieser natürlich aus und hatte bald seine Hände bei zwei Damen in Verwendung. Das Spiel am Stuhl sah zwar geil aus, war aber etwas unpraktisch bei der Entkleidung von A. (der ersten jungen Dame), daher wechselten die Beteiligten zu weiteren Aktivitäten auf die Couch. Meine geile Ehefrau und A. versanken hier bald in heißen Küssen, sodass der Hausherr sich mehr oder weniger immer nur an den Hinterteilen der beiden delektieren konnte, was die Damen aber nicht sonderlich störte. So lag meine Frau dann bald wieder mal mit gespreizten Beinen am Rücken, während A. mit der Zunge ihren geschwollenen Kitzler verwöhnte. Der Hausherr nutzte das schamlos aus und fickte sie dabei von hinten. Meine geile Ehefrau wollte aber ihrerseits die nasse Muschi von A. schmecken, worauf sich das ganze Spiel umdrehte. Nun kniete sie vor der nassen Fotze ihrer neuen Freundin und delektierte sich an ihren Säften während ihr der Schwanz des Hauses in die Möse gesteckt wurde. Die neue Erfahrung erregte ihn zusehends, es dauerte daher auch nicht lang und er spritze seinen Saft in den Gummi. Nun hatten die beiden Leckerinnen endlich Ruhe, was sie zusammen auch noch weidlich ausnutzen und sich gegenseitig mit Zungen und Fingern zum Höhepunkt brachten. Ich durfte dann noch die Münder der beiden mit meinem schon eine Zeit lang gewichsten Schwanz in Anspruch nehmen. Es dauerte daher nicht lang, bis das Saugen der beiden auch bei mir zum Abspritzen führte, da die Geschehnisse davor ja schon höchst geil anzusehen waren. Damit war auch dieser Abend wieder ziemlich erfolgreich für uns verlaufen. Geile Action mit Mann und Frau, dazu eine neue Freundin gewonnen. A. war zu unserem Erstaunen alleine hier, da ihr Mann kurzfristig erkrankt war. Wir lernten ihn dann bei einer der nächsten E & und L Partys kennen – es war nicht wirklich ein Verlust, dass er daheim geblieben war. Danach kam es noch zu einer netten Plauderei mit einem Paar aus Malta, das extra für die Party angereist war, jedoch hatten wir unser Pulver für den Abend bereits verschossen. So machten wir uns dann mit dem Vorsatz, auch der nächsten Einladung zur Party am Dorf Folge zu leisten, auf den Heimweg.

E & L 5.0 (unsere erste)

Immer wieder wurde uns von diversen Partybekanntschaften berichtet, dass es in einem der Swingerclubs in Wien eine sehr gute Partyreihe gab, wo man unbedingt einmal dabei gewesen sein sollte. Das Veranstalterpaar verlegte die Party allerdings von diesem Swingerclub in eine andere Location, die auch für einschlägige Workshops aller Art (gemeinsames Masturbieren etc.) genutzt wurde und daher auch die entsprechende Ausstattung bot.

Als nun die nächste Veranstaltung dieser Reihe auf ihrem Profil angekündigt wurde, meldeten wir uns natürlich an. Im Frühling war es dann soweit – wir machten uns auf den Weg zu unserer ersten E+L Party. Die Location überraschte uns sehr positiv – sauber, gemütlich und sozusagen zweckdienlich, dazu gab es ein gutes Buffet und Getränke aller Art. Das Publikum war etwas breiter gefächert als bei den gewohnten M. – Partys, trotzdem fanden wir bald einige bekannte Leute wieder wie F., den lustigen Kärntner.

Jedoch ging es dort nicht ganz so flott zur Sache wie bei M., hier waren die Jungs etwas schüchterner. Meine geile Ehefrau war aber anderes gewohnt und versuchte bald einmal jene, die uns bereits in die hinteren Räumlichkeiten gefolgt waren, zu engerem Kontakt zu bewegen. Es traute sich wieder mal keiner den Anfang zu machen, obwohl sich meine geile Frau schon auf eine Art großen Sitzsack hatte fallen lassen und ihre rasierte Möse herzeigte. Neben ihr lag schon eine Ungarin namens K., die nun das Aufwärmprogramm für sie war. Es dauerte nicht allzu lange, bis sie ihre Bekanntschaft vertieften und schon bald lagen die beiden in enger Umarmung auf diesem Sitz- und Liegesack und rieben emsig ihre nassen Muschis aneinander.

Doch das lesbische Stelldichein war heute nur ein Aufwärmen für meine geile Ehefrau, ihr stand der Sinn nach Schwänzen, und davon sollte es hier ja genug geben. Da unsere erste Bekanntschaft des Abends weiterhin zu schüchtern für ein intimeres Kennenlernen war, nahm sich ein junger fescher

Mann namens S. um meine Gattin an und geleitete sie in den hinteren Teil des Raums. Sie kümmerte sich dort gleich einmal um seinen Schwanz, der ob ihres geilen Anblicks sowieso schon sehr einsatzbereit aussah. Da ich meine Frau nunmehr in guten Händen vermutete, ging ich dazwischen an die frische Luft und an die Bar, um für Getränkenachschub zu sorgen. Als ich wieder zurückkam, um zu sehen, ob S. die Sache ordentlich erledigte, traute ich kaum meinen Augen. S. hatte sich quasi vervielfältigt und drei Männer kümmerten sich hingebungsvoll um meine nun schon sehr geile Ehefrau. Jeweils einer hatte den Schwanz in ihrer nassen Möse, während sie sich mit Mund und Hand um die Ständer der anderen beiden kümmerte. Hier fiel mir, wie bereits beschrieben, zum ersten Mal wirklich auf, dass sie ihre Beine über dem Rücken ihres jeweiligen Fickers verschränkte um ihn noch tiefer in ihr Loch hineinzudrücken. S. und die beiden anderen, die ich jetzt nicht wirklich auf der Rechnung gehabt hätte, fickten meine geile Frau also eine Zeit lang der Reihe nach zumindest einmal durch und trieben sie so zum Höhepunkt. Was ihr aber am besten an ihrer kleinen Orgie gefiel war aber, dass sie zum Abschluss von ihren Lovern ordentlich vollgespritzt wurde. Leider heben sich die meisten ihren Saft auf, da sie ja mehrere Damen beglücken wollen oder spritzen in den Gummi, aber hier wurde endlich einmal ein ordentlicher Absch(l)uss getätigt, was sie sich auch redlich verdient hatte.

Nachdem sie sich wieder halbwegs gesäubert hatte, stärkten wir uns an der Bar und gönnten ihr eine kleine Erholungspause. Die drei hatten sie eigentlich schon ziemlich hergenommen, aber einer fehlte noch in der Sammlung für den Abend – F., der lustige Kärntner. Diesen hatten wir schon auf den M. - Partys getroffen und er war wirklich in jeder Hinsicht ordentlich ausgestattet. Wir waren uns an dem Abend schon ein paar Mal über den Weg gelaufen, aber immer waren entweder er oder meine geile Ehefrau „beschäftigt". Nun nahmen wir ihn gleich mit zur schon gewohnten Matratze, wo sie sich einmal über seinen nicht zu knapp bemessenen Schwanz hermachte. Kurze Zeit später steckte dieser schon in der an diesem Abend schon leicht beanspruchten Möse meiner Frau, während ich ihr meinen Steifen in den Mund steckte. Dann drehten wir sie um ließen sie den Arsch herausstrecken, damit er sie auch nochmal von hinten nehmen konnte. Meine Frau genoss es von einem strammen Kärntner Pimmel hergenommen zu werden und ließ sich von ihm noch einmal zum Orgasmus stoßen. Dann hatten wir jedoch genug von den Gastfickern und ließen den Abend noch zu zweit zärtlich ausklingen.

Unsere erste elitäre Party war also ein voller Erfolg. War zu hoffen, dass diese Reihe für uns ebenso gut weitergehen würde.

Städtereisen – alle guten Dinge sind vier

Vor einigen Jahren, als die Kinder groß genug waren um sie unter Omas Aufsicht daheim zu lassen, begannen wir Städtereisen in Europa zu unternehmen. Ein kleines Nebenziel war, in jeder Stadt einen Club zu besuchen oder ein paar geile Leute zu treffen, jedoch wurden wir bei den ersten paar Reisen nicht wirklich fündig oder waren nicht vom Glück verfolgt.

Barcelona war sowieso aufgrund der Sprache schwierig, daher waren auch die Homepages der Clubs, die zudem alle ziemlich in der Peripherie lagen, schwer zu entziffern. In unserem Internetforum ist Spanien zudem nicht vertreten, es wollte auch kein heißer Katalane meine Frau anbaggern - hier vergnügten wir uns also nur miteinander.

In Berlin lagen einschlägige Clubs für uns verkehrstechnisch auch eher ungünstig, zudem machte uns dann noch eine U - Bahnsperre einen Strich durch die Rechnung. Auch über unsere Plattform, die auch in Deutschland sehr präsent ist, war es seltsamerweise nicht möglich, mit Mann oder Paar ein Date zu vereinbaren. Wir waren eigentlich guten Willens, doch leider erfolglos. Berlin müssen wir sicher nochmal besuchen – mittlerweile wissen wir auch, in welchem Teil der Stadt man sich einquartieren sollte.

Auch in Hamburg hatten wir kein Glück. Dort gab es zwar den einen oder anderen Club, aber auch diese lagen irgendwo an der Peripherie. Wir probierten es und landeten dann nach einem endlosen Fußmarsch in einer Industriezone bei einem Club mit dem Aussehen einer Würstelbude (der hatte aber die besten Bewertungen der Clubs in Hamburg!). Die Leute drinnen sahen aus, wie einem 70er - Porno entsprungen, sodass wir nach dem ersten Schreck an der Türschwelle wieder umdrehten und quasi davonliefen. Die Reeperbahn ist in dieser Hinsicht für ein Paar nicht geeignet und das Sexmuseum auch nicht wirklich eine Anregung für mehr.

Unser erster München - Besuch endete auch mit einer Enttäuschung. Es war zwar eine tolle Party in schöner Location, zu der ich uns angemeldet hatte, aber irgendwie fanden wir keine geeigneten Mitspieler, was meine geile Ehefrau nicht ganz so toll fand.

Unser zweiter Besuch in der bayrischen Hauptstadt war da schon erfolgreicher. Ich schaltete im Vorfeld wieder ein Date für die Zeit unserer Städtereise, wo sich wie immer auch einige Interessierte meldeten. Bei den vorherigen Trips war alles immer im Sand verlaufen, diesmal sollte es aber mit einem Treffen klappen. Das erste Date ging jedoch gleich wieder mal in die Hose. Ein junger Mann – laut Foto durchaus attraktiv wollte uns mit seinen Freunden treffen. Natürlich zog der Typ in letzter Minute den Schwanz ein, man hätte uns im Lokal nicht gefunden, keine Verbindung beim Handy etc. – wie man es halt kennt. Für den nächsten Tag hatte sich aber kurzfristig noch ein Münchner gemeldet, zwar mit leicht persischem Einschlag, aber für uns durchaus annehmbar, der uns in der Wohnung seines Freundes treffen wollte.

Wir machten uns also am Freitagabend zur angegebenen Adresse auf und gelangten seltsamerweise zu einer Autowerkstätte, über der jedoch die besagte Wohnung gelegen war. Unser Date entpuppte sich als durchaus attraktiver Mann – wie gesagt herkunftsmäßig mit leicht dunklerem Teint, aber ein Münchner. Er redete gern und viel und hielt sich offensichtlich für den großen Verführer, aber für das eine Mal würde es reichen, nachdem wir schon mal da waren. Sein Freund, der Inhaber der sehr schönen Wohnung, war ein jüngerer eher schüchterner Durchschnittstyp, der offensichtlich für die Bereitstellung der Location mitmachen durfte.

Nach dem üblichen Kennenlern - Gepläkel und Smalltalk sowie vielen Komplimenten des Verführers, der schon fast sabbernd nach meiner Ehefrau gierte, gab sie quasi endlich das Zeichen, dass sie den Abend nun endlich richtig beginnen wollte. V (Verführer) schälte sie aus den Kleidern, wobei er sich hauptsächlich ihren Titten widmete und begann meine geile Ehefrau von oben nach unten ausgiebig zu erkunden. Sie fühlte sich wirklich gut als bewundertes Fickobjekt der beiden und testete ihrerseits einmal die beiden Schwänze, die ihr heute zur Verfügung standen. Während V ganz normal gebaut war, präsentierte W (Wohnungsinhaber) ein doch recht passables Stück, das er ein das heiße Loch meiner Frau zu stecken gedachte. Doch zuerst wollte V endlich an ihre Fotze – er leckte sie noch, um sie noch ein bisschen nasser zu machen, stülpte sich aber dann schnell einen Gummi über seine Steifen und schob ihn endlich hinein. Meine geile Ehefrau widmete sich dabei dem Prügel von W und lutschte die überraschend gut gebaute Stange mit sichtlichem Genuss. Anschließend wurde gewechselt – sie kniete sich auf den Sessel und W fickte sie mit seinem nun steif geblasenen Schwanz von hinten, während sie jenen von V im Mund hatte.

Als sie von den beiden Schwänzen genug hatte, gab sie uns zu verstehen, dass sie nun von uns angespritzt werden wollte. Wir stellten uns rund um meine Ehefrau, die uns erwartungsvoll den Körper entgegenreckte und wichsten uns, bis wir alle auf ihre Titten abspritzten. Es war zwar nicht die große Orgie, aber für den kurzfristig vereinbarten Abend doch eine nette Erfahrung.

Im Lift unsere Hotels machten wir noch ein paar geile Fotos – die nackte Muschi zu zeigen ist halt das Lieblings - Hobby meiner Exhibitionistengattin.

Unser Städtetrip war mit diesem einen Erlebnis aber noch nicht vorbei. Am letzten Abend machten wir uns auf den Weg in ein Lokal, das eine Mischung aus Pornokino und Sexbar ist. Da wir die Pornokinos in Wien kannten, waren wir sehr angenehm überrascht, als wir die Einrichtung sahen – bequeme große Ledersitze, nicht abgefuckt, schön eingerichtet mit verschiedenen Barbereichen und einer abgesperrten Area nur für Paare. Wir inspizierten einmal den Club, holten uns etwas zu trinken (für den Eintritt gab es noch je zwei Getränkegutscheine für uns) und zogen uns dann in die Pärchen - Zone zurück. Es waren noch nicht viele Gäste anwesend, hauptsächlich Herren und ein, zwei ältere Pärchen die auf den Kinositzen zugange waren, aber noch keine annehmbaren Leute für uns.

Dann bemerkten wir einen jüngeren Mann an der Bar gegenüber und als keine sonstigen unerwünschten Herren mehr dort herumstanden, holten wir ihn zu uns. Er war noch ziemlich jung – also normal nicht unbedingt unser Beuteschema – und extra aus einer Kleinstadt in der Nähe nach München in dieses Lokal gekommen. Das hinderte meine geile Ehefrau aber nicht daran, ihn nach allen Regeln der Kunst zu verführen, so dass er bald seine Hose bei den Knien und sie seinen Schwanz im Mund hatte. Dann entledigte sie sich ebenfalls ihrer wenigen Kleider und zeigte uns ihre wie immer herrlich glatte Muschi. Der Schwanz ihres jungen Lovers war von ihrer Behandlung und ihrem Anblick natürlich schon steinhart und wurde sogleich mit einem Gummi versehen in ihr nasses bereites Loch geschoben. Die Ledercouch war schön breit und bequem, sodass er meine geile Ehefrau bequem von vorne durchficken konnte. Es war wie immer toll anzusehen, wie ihre Beine mit den High Heels hoch über dem Rücken ihres Fickers in die Luft standen und im Rhythmus seiner Stöße zuckten. Wie ich an ihrem Stöhnen hören konnte, genoss sie den jungen Schwanz in ihrer geilen Fotze und ließ sich ordentlich durchrammeln. Seine

Bemühungen zeigten bald Wirkung und meine Ehefrau explodierte in ihrem ersten Höhepunkt an diesem Abend. Er war offensichtlich noch zu nervös zum Abspritzen.

Nun war einmal Zeit für eine Pause und wir tauschten uns einmal gegenseitig aus und holten sozusagen den Smalltalk nach. So erfuhren wir auch, wie vorhin erwähnt, woher er kam und dass er eben hie und da extra nach München in besagtes Lokal kam. Doch meine Ehefrau hatte für heute noch nicht genug – offensichtlich war der erste Fick sehr gut gewesen – und begann zu erkunden, ob der junge Mann schon wieder einsatzbereit war. Da er seinen Saft noch nicht vergeudet hatte, war sein Schwanz bald wieder bereit für eine zweite Runde. Sie kniete sich auf die Couch und er schob ihr seinen Steifen von hinten in ihr immer noch klatschnasses Loch. Sie schloss genießerisch die Augen, als er sie von hinten zu vögeln begann und erwiderte nach Kräften seine Stöße. Ich hörte mit Vergnügen zu wie sein Sack an ihren geilen Arsch klatschte und sie immer lauter zu stöhnen begann. Das mündete schließlich nach einigen Minuten in ihrem zweiten Höhepunkt des Abends und diesmal entlud sich auch ihr junger Ficker in seinen Gummi.

Danach tranken wir noch gemütlich aus und verabschiedeten uns von unserer Entdeckung des Abends. Meine geile Frau schwärmte mir daheim im Hotel, als ich sie noch einmal anspritzte, noch von ihrem jungen Lover vor, der sich aufgrund seiner Jugend so ganz anders angefühlt hatte. Diese Bar würde uns sicher nochmal sehen, sollten wir wieder nach München kommen.

E & L 6.0

Die nächste Party fand dann Anfang Juli statt und war ganz in Weiß gehalten – was auch der Dresscode für die Gäste war. Wir hofften natürlich auf eine Wiederholung der geilen Erlebnisse vom letzten Mal und waren entsprechend gespannt, was uns (im Besonderen meine wie immer geile Ehefrau) erwarten würde. Auch A., unsere Bekanntschaft von der Halloween – Party, hatte sich mit ihrem Mann angesagt, es würde also für Unterhaltung gesorgt sein. Ich hoffte, dass sich die Mädels wieder so gut verstehen würden wie bei ihrem Kennenlernen, denn A. wollte ich auch einmal gerne ficken und meine Frau sollte sich das aus nächster Nähe ansehen.

Der Beginn war wieder wie gewohnt – alles versammelte sich vor der Bar und taxierte einmal die laufend eintreffenden Gäste – außer unser Freund M., der diesmal auch dabei war. Kaum angekommen, war er auch schon im Partyraum bei der Arbeit, wie das Schreien seiner Begleitung verriet. Der Männeranteil war aufgrund der Fußball – WM, die zu dieser Zeit stattfand, eher gering, daher mussten wir auf altbewährtes „Material" zurückgreifen.

Der Plan, die Bekanntschaft mit A. aufzufrischen, wurde bald fallengelassen, da ihr Mann, wie erwähnt, nicht wirklich den Vorstellungen meiner Frau entsprach. Daher fiel auch ich um meinen geplanten Fick um, obwohl meine liebe Frau nichts dagegen gehabt hätte. Sie wollte einfach nicht mit A.'s Mann und alleine mit den beiden wollte ich auch nicht.

So bestand das altbewährte am Anfang mal aus S., den wir bei der ersten Party kennengelernt hatten und der mehr und mehr zu unserem Lieblingsficker wurde. Der Schwanz hatte genau die richtige Größe und auch sein Körper war nach ihrem Geschmack – sportlich und rasiert. So landeten die beiden bald zusammen auf der Matratze und meine geile Ehefrau genoss es, ihn wieder in sich zu spüren und sich zu einem ersten Orgasmus an diesem Abend bringen zu lassen. Wie immer nahm ich mir eine kleine Pause um erst dazu zu kommen, wenn meine geile Ehefrau bereits gestoßen wurde. Sie ist dann immer bereits völlig in das Liebesspiel versunken und lässt sich ohne Hemmungen gehen und ich kann wenigsten kurz das geile Gefühl der Ungewissheit genießen, was sie im Moment wohl mit ihrem Lover anstellen würde.

Danach ging es wieder zur Erfrischung an die Bar und ans Buffet. Eigentlich war für sie der Zweck des Abends bereits erreicht, nämlich der S. – Orgasmus, den sie in sich nachwirken lassen wollte, aber da waren ja noch einige andere, die den geilen Körper meiner Frau verwöhnen wollten. So stand sie kurz danach mit M. im Partyraum, der mit seinen Fingern ihre nasse

Fotze fachkundig bearbeitete (wie man auch deutlich hören und sehen konnte) und sie nach diesem Vorspiel auch mit Mund und Schwanz ordentlich hernahm. Wie fast immer konnte M. von meiner Frau kaum genug bekommen und vögelte sie zu ihren nächsten Höhepunkten. Auch wenn sie meistens vorher meinte, M. diesmal aus dem Weg gehen zu wollen, ließ sie sich dann gerne „überreden", von ihm ordentlich durchgebumst zu werden.

Danach brauchte sie wieder dringend eine Pause, um ihre Muschi abkühlen zu lassen und den Flüssigkeitsverlust wieder auszugleichen.

Danach zogen wir uns nochmal zusammen in die SM – Ecke zurück, da sie für ihre Schweinereien jetzt doch eine Strafe verdient hatte. Ich ließ die Gerte auf ihren herrlichen Arsch tanzen, bis sich die ersten Rötungen zeigten. Die Hitze auf ihrem Hintern dürfte sich bis in ihre Fotze vorgearbeitet haben, denn sie wollte sich dann noch wie gewohnt gemütlich zu Ende wichsen. Jedoch war inzwischen A., der muskulöse spontane Typ zu uns gestoßen und setzte sich neben uns auf der Couch. Das mussten wir natürlich noch ausnutzen und meine immer noch nicht zur Gänze befriedigte Gattin nahm nochmal auf seinem aufgerichteten Schwanz Platz. Nun musste sie es sich nicht selbst besorgen, sondern konnte auf seinem Steifen ihrem abschließenden Orgasmus an diesem Abend entgegenreiten. Anschließend holte sie sich noch die verdiente Belohnung sprich den Saft aus meinem Schwanz ab und damit fand auch dieser

Abend für uns ein noch befriedigendes Ende. Das Angebot war diesmal zwar nicht so umfangreich wie letztes Mal, aber wir hatten doch das Beste daraus gemacht.

Der Hausfreund

Aber jetzt kommen wir, wie schon eingangs beschrieben, endlich zur Entdeckung unseres neuen Hausfreundes. Wie gesagt, wir waren dabei, mittels Inserat einen neuen Hausfreund zu suchen, nachdem unserer ehemaliger, der sich nach einiger Zeit wieder mal gemeldet hatte, eigentlich nicht mehr unseren Ansprüchen genügte. Doch trotz vieler Zuschriften und Vorstellungen potentieller Kandidaten wurden wir nicht wirklich fündig. Die meisten wurden sowieso sofort ausgeschieden und die wenigen Dates mit dem kümmerlichen Rest kamen (wie so oft) aus diversen Gründen (krank, vergessen, doch keine Zeit...) zumeist nicht zustande oder verliefen erfolglos. Hier blieb eigentlich nur ein junger, fescher Münchner übrig (den sollten wir eigentlich auch mal wieder treffen und testen...), der zwar optisch entsprach, aber jetzt nicht so der initiativ und dominant war, wie wir uns den HF vorstellen. Wieder viel Aufwand für (fast) nichts...

Wir waren wieder einmal bei einer Party bei M., und dort war bis auf einige wenige das Männerangebot eigentlich enttäuschend. Dauerficker M. war da, unser Mann für alle Fälle (bei allen

Partys vertreten), der meine geile Ehefrau jedes Mal mit Zunge und Schwanz (zumeist mehrere Male abwechselnd) fertigmachte, und auch A., der junge „spontane" Muskelprotz, der sein Hirn eher in Hüfthöhe mit sich herumträgt. Der Rest war sehr bescheiden und nicht wirklich erotisierend - bis sie ihn sah. Dunkelhaarig, schlank, gepflegt - genau der Typ der ihre Fotze kribbeln lässt. Am Anfang widmete er sich eher der restlichen Damenwelt, doch kaum war er in unserer Nähe, hatte er schon ihre Finger am Schwanz und denselben kurz danach in ihrem Mund. Nachdem ich wusste, dass sich diesem Schwanz sowie seinem Besitzer jetzt für einige Zeit widmen würde, begab ich mich in die Rolle des interessierten Beobachters. Da es für eine Frau nicht gerade entspannend ist, wenn ihr Mann ihr aus nächster Nähe sabbernd dabei zusieht, zog ich mich zurück und ließ sie genießen. Ich holte mir Getränkenachschub in der Küche und schaute dann und wann nach, was, wo und mit wem es meine Frau gerade trieb. Sie hatten sich aufs Matratzenlager zurückgezogen (was ganz Neues – bis dahin war ihr bevorzugter Platz die Couch, denn die Matratzen waren zumeist trotz des eifrigen Wechsels der Leintücher immer etwas angesaut). Ihr neu entdeckter Ficker kniete über ihr und meine geile Ehefrau widmete sich zu meinem Erstaunen immer noch hingebungsvoll seinen Schwanz, der ihr offensichtlich sehr mundete. Erst nach diesem eher ungewöhnlich langen Vorspiel begab er sich zwischen ihre bereitwillig gespreizten Schenkel und fickte sie zu ihrem ersten Orgasmus an diesem Abend. Wie immer verschränkte sie ihre Beine über dem Rücken ihres Liebhabers und drückte in noch fester an dich und ihre Fotze. Dieser Anblick macht mich immer am schärfsten, wenn sie sich nicht nur ficken lässt sondern ihre Lust noch zeigt, indem sie den Schwanz noch tiefer hineinzudrücken versucht um ihn ja ganz zu spüren. Nicht lange danach durfte ich meine nunmehr entspannte Frau wieder in Empfang nehmen. Leider war sie nicht vollgespritzt – ihr Lover hatte sich offensichtlich noch etwas für die restliche Damenwelt aufgehoben oder sich in den Gummi erleichtert, das soeben erlebte reichte aber trotzdem für ein glückliches Lächeln.

Die Entspannungsphase dauerte jedoch nicht allzu lange an, denn unser lieber M. hatte an diesem Abend wie immer noch nicht genug und war der Meinung, auch sein Lieblingsfickobjekt sollte ein Stück seiner Liebe zu allen Frauen abbekommen. Obwohl sie zuvor noch behauptet hatte, ihn diesmal davon abzuhalten, sie gründlich durchzustoßen, blieb es nur bei einem gehauchten „nicht so wild..." und der Widerstand war aufgegeben. Er stürzte sich wie immer mit dem Vorsatz auf sie, sie bis zur beiderseitig totalen Erschöpfung glücklich machen zu müssen und leckte und stieß sie – soweit ich das sehen und hören konnte – zu ihren nächsten Höhepunkten.

Da das an diesem Abend aufgrund der sommerlichen Temperaturen eine schweißtreibende Angelegenheit war, verschwanden sie anschließend (meine Frau an diesem Abend zum ersten, M. zum x-ten Mal) unter der Dusche um sich den

Schweiß (ihren und seinen) vom Körper zu waschen. Beim anschließenden Smalltalk im Vorraum klagten wir dem Gastgeber unser Leid über die vergebliche Suche nach einem passenden Hausfreund und durften bei dieser Gelegenheit auch mal so einiges über unseren mittlerweile schon regelmäßigen Gastgeber erfahren. Erfahrener Partyorganisator, beruflich mit freier Zeiteinteilung, die er hier auch für Partys am Nachmittag - hauptsächlich zur Freude unbefriedigter Ehefrauen – zu nutzen versteht. Gegenseitige Erzählungen von Partyerlebnissen, Meinungsaustausch etc. durfte an diese Stelle natürlich nicht fehlen, ebenso wie das Angebot, seine Tagesfreizeit auch gerne mal zum Nutzen meiner geilen Ehefrau einsetzen zu können, falls dies von ihrer Seite erwünscht sei. Anschließend ging er wieder in die Partyräumlichkeiten, um sich seinen – natürlich bevorzugt weiblichen – Gästen zu widmen. Auch wir beschlossen, noch eine Runde zu drehen und uns vielleicht mal unserer eigenen Zweisamkeit zu widmen, da mich der Anblick meiner ständig nackten Frau doch einigermaßen scharfgemacht hatte. Wir ließen uns auf einer der Couches beim Kamin nieder und hinter dieser stand – etwas verloren, wie uns und besonders meiner Frau, schien – unser Gastgeber. Um ihm ihre Dankbarkeit für das nette Gespräch auszudrücken beschloss sie, sich mal um seinen derzeit einsamen Schwanz zu kümmern. Das hatte umgehend zur Folge, dass dieser bald wieder aufrecht stand. Obwohl sie nach M's hingebungsvoller Behandlung eigentlich schon ziemlich befriedigt war konnte sie der Versuchung nicht widerstehen, noch einen neuen Schwanz in ihrer wieder nassen Möse zu spüren. Sie kniete sich auf die Couch und streckte ihren Arsch heraus, damit unser Gastgeber sie von hinten nehmen konnte. Er ließ sich auch nicht lange bitten und steckte ihr seinen Steifen in das wartende Loch. Da wenigstens ihr Mund nun frei war steckte ich hier meinen Schwanz hinein, um auch mal was von meiner Frau zu haben. Ich brauchte ihn nur vor ihr Gesicht zu halten, denn durch die Stöße wurde ihr Mund quasi immer auf meinen Schwanz geschoben, an dem sie immer heftig saugte, wenn sie nach vorne gedrückt wurde. Ihr Höhepunkt ließ aufgrund der beidseitigen Behandlung nicht lange auf sich warten und nun wollte sie aber auch mal unsere Säfte auf ihren Titten spüren. Wir ließen uns da auch nicht lange bitte und bescherten uns und ihr einen schönen Abschluss dieses Abends.

Als wir dann im Vorraum noch ein Abschlussgetränk nahmen und mit einigen Herren ein paar Erfahrungen austauschten, kam, zu unserem Glück, wie sich dann herausstellen sollte, auch ihr erster Ficker des Abends hinzu, der sich als R. vorstellte. Auch er verstand nicht, warum unsere Suche bis dato ergebnislos geblieben war und zeigte sich, da Single und alleinlebend, nicht abgeneigt, die Rolle des Hausfreunds bei uns zu übernehmen und so unsere Suche zu beenden. Das führte dann einige Wochen später zu jenem Treffen bei ihm, das ich in der Einleitung dieses Buches beschrieben habe.

Der Besuch

Beim zweiten Mal durfte meine geile Ehefrau ihren neuen HF schon alleine besuchen. Sie war aufgeregt wie ein Teenager vorm ersten Treffen - nur mit dem Unterschied, dass sie die Aufregung mit dem eigenen Ehemann teilte. Die Tage zuvor war sie bereits so geil, dass sie beim Gedanken an den bevorstehenden Besuch daheim masturbieren musste.

Der Vorschlag, nur mit Unterwäsche und Strümpfen unter dem Mantel zu ihm zu gehen, wurde von ihr wohlwollend aufgenommen - derartig geil gestyled machte sie sich dann auch auf den Weg nach Wien.

Sie hatte natürlich den Auftrag, ein schönes Foto mit heim zu bringen, am besten nackt und frisch gebraucht am Ort des Geschehens, dazu durfte sie mich auch überraschen, mit einer Nachricht oder Anruf, was gerade mit ihr passiert. Sie schickte mir an diesem Abend dann zwei geile Bilder, die mich daheim auch gleich zum Wichsen brachten. Eines davon zeigte ihre frisch gefickte Fotze...

Die geile untreue Ehefrau berichtete mir dann am nächsten Tag was sie dort getrieben hatte:

Er glaubte schon fast nicht mehr an mein Kommen und freute sich natürlich, dass er sie dann doch noch in Empfang nehmen durfte. Während er den Sekt einschenkte, ließ sie ihren Mantel fallen, diesen Anblick konnte er kaum fassen. Da sie nur noch in durchsichtiger Spitze vor ihm stand, war auch kein langes Vorspiel und Ausziehen mehr notwendig. Sie machten sich gegenseitig langsam immer schärfer, indem sie ihre Körper aneinander rieben, bis sie es kaum noch aushielten. Dann ging es weiter in den Keller, wo er sie auf das für diese Zwecke vorbereitete Bett warf und sich nochmal auf sie legte. Anschließend drehte er sie um und stieß seiner neuen Freundin endlich seinen Schwanz in die schon tropfende Fotze. Sie genoss es, wie er sie zuerst von hinten nahm und sich dann nach vorne weiterarbeitete. Als er sie umgedreht hatte, fickte er sie endlich solange, bis sie auf seinem Schwanz kommen konnte. Anschließend bekam auch er seine Belohnung und unsere nun gemeinsame Fickerin wichste ihm seinen Steifen, bis er ihr seine Ladung ins Gesicht spritzte und sie endlich wieder seinen Saft schmecken durfte."

An dieser Stelle gab es dann eine Pause, in der meine eben durchgefickte und angespritzte Frau die heißen Bilder von sich schickte.

Danach ging es nach einer kleinen Erholungspause noch ein bisschen weiter. Er war zwar zu müde, um sie noch einmal durchzuficken, aber er leckte ihre nasse Muschi noch einmal bis sie zum zweiten Mal kam. Danach verabschiedete er sie mit der Hoffnung, das bald wiederholen zu können."

Kurz darauf durfte ich meine geile Ehefrau glücklich lächelnd daheim in Empfang nehmen – was gibt es schöneres als seine

Frau frisch gefickt wiederzubekommen. Sie wollte noch ihre durchgefickte Fotze nachkribbeln lassen und so verschoben wir das gemeinsame Nachwichsen auf den nächsten Tag. Wir waren ja eh beide schon (auf unsere Kosten) gekommen.

E & L die Dritte

Im Oktober sollte dann der nächste Teil der E & L - Reihe stattfinden. Nachdem das letzte Event etwas zäh verlaufen war, Urlaubs- und WM - Zeit, daher Mangel an brauchbaren neuen Männern, hofften wir doch auf eine Steigerung der Fickquote.

Das Motto war diesmal All in Black und wir beide kleideten uns dementsprechend ganz Motto - gerecht. Meine geile Ehefrau hatte sich extra neue High Heels bestellt und mit ihrem durchsichtigen Oberteil dazu würde sie wieder die Attraktion auf der Party sein. Bei unserem Aufbruch von zuhause musste sie aber etwas Unauffälliges überziehen, damit Kinder und Babysitter nicht mitbekamen, wo unser Ausflug hingehen sollte. Dann machten wir uns wieder auf den Weg zur mittlerweile gewohnten Location, wo der Event stattfinden würde.

Nach den üblichen Formalitäten am Eingang und der Entfernung der überflüssigen Kleidungsstücke machten wir uns auf den Weg ins Innere der Räumlichkeiten. Im Billardraum gab es eine kleine Überraschung - dort agierte ein echter Fotograf und machte hübsche Bilder der Partygäste - so auch von meiner heißen Frau und mir.

Anschließend ging es zur Bar, wo wir gleich auf einen alten Bekannten trafen – S., einer der Lieblinge und regelmäßiger Partyficker meiner Gattin. Auch er war erfreut, denn der aufmerksame Leser bzw. Leserin weiß natürlich noch, dass wir mit ihm schon das eine oder andere geile Erlebnis hatten. Er hätte meine schon leicht geile Frau am liebsten auf der Stelle vernascht, doch ein bisschen musste er sich noch gedulden. Wir wanderten dann weiter in den eigentlichen Partyraum und beobachteten von der Couch aus die restlichen, diesmal in fast zu großer Zahl erschienenen Partygäste. A., unser spontaner Bodybuilder, leistete uns Gesellschaft, war aber schon ziemlich überdreht. Nach dem einen oder anderen Getränk besann sich meine geile Ehefrau auf den Zweck unseres Besuchs und wir machten uns auf der Suche nach S., der bereits eine Tür weiter quasi auf sie wartete. Ich wusste, nun würde sie eine Zeitlang beschäftigt sein und überließ ihm meine schon freudig erregte Frau. Als ich nach einer Zigarettenpause an der frischen Luft zurückkam, hörte ich schon aus einer Ecke ein bekanntes Stöhnen. Meine Ehefrau saß auf S. und ritt gerade einem Höhepunkt entgegen. Zu ihrer Freude legt er sie dann auf seine Knie und fickte sie so zu ihrem ersten Orgasmus des Abends. Kurz danach konnte ich sie strahlend und fürs erste mal befriedigt in Empfang nehmen wobei sie mir freudig vom eben

Erlebten berichtete. Es war immer wieder herrlich, wie sie das genießen konnte.Während sie sich frisch machte, begegnete mir vor der Tür ein bekanntes Gesicht. N., ein fescher junger Münchner war uns auf der Gästeliste aufgefallen, worauf wir uns bei der Party verabredet hatten. Bis zu diesem Zeitpunkt waren wir uns jedoch noch nicht über den Weg gelaufen, nun trafen wir uns zufällig vor der Türe. Ich lud ihn ein, uns Gesellschaft zu leisten und wir trafen uns anschließend an der Bar wieder. Auch meine geile Ehefrau war von ihm angetan, doch es dauerte noch eine Zeitlang, bis er ihrem nicht ganz zu versteckten Sehnen nachgab und wir uns auf einen weiteren Rundgang in die hinteren Zimmer begaben. Meine schon wieder geile Gattin wusste schon ganz alleine, was sie zu tun hatte, und so holte ich mir inzwischen ein neues Getränk von der Bar. Es dauerte ein wenig, da mehrere ihren Durst löschen wollten und als ich zurückkam fiel mir wieder ein bekanntes Geräusch auf - das rhythmische Stöhnen meiner geilen Frau. Diese lag inzwischen wieder nackt auf der Couch und zwischen ihren gespreizten Beinen kniete N., der sie hingebungsvoll in ihre nasse Fotze vögelte. Es hatte also nicht mehr viel Zutun gebraucht, um ihn zu ihrem nächsten Orgasmus - Lieferanten zu machen. Ich betrachtete die beiden eine Weile wie sie es mit geschlossenen Augen genoss, dass unsere neue Bekanntschaft seinen Schwanz immer wieder in ihre Möse hineinstieß und sie zu ihrem nächsten Orgasmus brachte. Wieder einmal konnte ich danach eine glückliche und befriedigte Ehefrau in Empfang nehmen.

Nach einer kleinen Erfrischung brachte sie mich noch mit ihrem Mund zum Abspritzen, dann verließen wir die Party um einige geile Erfahrungen reicher. Wie immer würden wir in den Tagen danach einiges an Nachbetrachtung der geilen Ereignisse haben...

Die Attraktion des Abends

Im November des Jahres fand wieder einmal eine M - Party vulgo GG Orgy statt, für die wir uns natürlich sofort wieder angemeldet hatten, da der Andrang zu diesen Partys unvermindert stark war (und immer noch ist). Die letzte war vom Männerbestand her nicht so prickelnd, aber immerhin hatten wir unseren derzeitigen Hausfreund kennengelernt, der diesmal auch wieder mit von der Partie war. Daher war meine Ehefrau auch entsprechend geil und voll Vorfreude auf die Party. Noch dazu konnte sie endlich ihre neuen Fickschuhe – eher fürs Liegen als fürs Stehen geeignet – ausführen.

Leicht verkleidet – wie immer sollten ja die daheim gebliebenen nicht sehen, dass ihre Mutter lediglich im Glitzerfummel loszog - machten wir uns dann am Samstagabend auf den Weg zur üblichen Location. Dort wurde die Verkleidung abgelegt und ich durfte meine heiße Ehefrau nur im Kleidchen, Slip und High

Heels präsentieren. Sie wurde wieder mal von den Blicken der wartenden Männer verschlungen und im Geiste schon komplett ausgezogen, denn war sie heute ja fast züchtig gekleidet. Wir postierten uns mal im Vorraum um unseren Empfangssekt zu trinken und taxierten die bis dato anwesenden Gäste. Einige waren uns schon bekannt, andere waren für uns neu, aber die eigentlich erwarteten waren noch nicht eingetroffen – wir sahen weder unseren Hausfreund noch M., den Dauergast. Währenddessen gesellte sich ein junger Mann zu uns, der sich als in Oslo lebender Inder entpuppte und von München aus extra nach Wien zur Party gekommen war. Wir gaben ihm den Rat „Don't be shy" - was die Ratgeberin im Lauf des Abends noch spüren würde. Inzwischen war auch unser Hausfreund gekommen und nach der Begrüßung begaben wir uns in den Partyraum, wo wir mal auf der Couch platznahmen und uns umsahen. Rundherum ging es schon ordentlich zur Sache, es wurde gefummelt und geblasen und auch auf der einen oder anderen Matratze wurde schon kräftig gevögelt. Unser Inder hatte unseren Ratschlag beherzigt und war schon nackt. Meine Frau war beim Anblick seiner Kobra etwas geschockt – mit der wollte sie nichts zu tun haben. Doch kurz darauf stand er vor ihr und bat ganz höflich darum, sie kurz mal mitnehmen zu dürfen. Diese höfliche Bitte konnte sie ihm natürlich nicht abschlagen, so war ihr Widerstand nur sehr kurz und schon war sie mit ihm im Nebenraum verschwunden. Ich nutzte die Zeit, um meinen Flüssigkeits- und Nikotinhaushalt aufzufrischen, denn, wie erwähnt liebe ich es, meine geile Ehefrau dann schon in Action zu „erwischen". Als ich zurückkam hörte ich aus dem Nebenraum schon das bekannte Stöhnen, von meiner geilen Ehefrau sah ich aber nur die Schuhe, die links und rechts des Inders in die Höhe standen. Sie war von mehreren Männern umringt und in der Mitte wippte der Hintern des Inders rhythmisch auf und ab. Da er sie sehr lange und ausdauernd fickte, wurde dem einen oder anderen bald klar, dass er nicht mehr drankommen würde. Er brachte sie mit der Kobra, die sie zuvor noch abgelehnt hatte, zu ihrem ersten Orgasmus an diesem Abend. Ich konnte sie dann bereits leicht verschwitzt, aber nun schon ordentlich aufgewärmt, mitnehmen.

Wir gönnten uns draußen ein paar Gläser zur Erfrischung - sie Sekt, ich als Fahrer Cola, und warfen dann wieder mal einen Blick in den Partyraum. Unser Hausfreund, der zuvor irgendwohin abgetaucht war, stand etwas verloren in der Gegend herum. Meine geile Ehefrau nutzte die Gelegenheit, um auch von ihm ihren heutigen Fick zu verlangen. Da ich annahm, dass sie sich ein ausgiebiges Vorspiel gönnen würden, machte ich mich wieder mal auf den Weg nach draußen. Als ich wieder zurückkam, musste ich erst mal die ineinander verschlungenen Körper, die auf den Couches und den Matratzen durchsehen, bis ich die beiden - eigentlich wieder nur R's Rücken und ihre Beine rechts und links neben ihm - fand. Aber es waren unverkennbar ihre „Seufzer die von der anderen Seite kamen. Er reizte sie mit seinen Stößen immer schnell und wieder langsam und zögerte so ihren Höhepunkt immer weiter hinaus. Doch endlich war es soweit und sie explodierte zum zweiten Mal an diesem Abend. Doch sie hatte noch nicht genug - unser Hausfreund ließ von ihr ab und ein drahtiger 50er, der sich nachher als Grieche vorstellte, übernahm seinen Platz. Sie hatte seinen Schwanz offensichtlich schon schön steif gemacht, zudem war ihre Fotze sehr nass und aufnahmebereit, so schob er ihr seinen Steifen problemlos hinein. Er begann sie aber sogleich richtig durchzuvögeln, was sie den Geräuschen nach ebenfalls sehr genoss. Es klatschte rhythmisch als er meine Frau durchfickte und ich konnte von hinten wieder auf ihr geweitetes Loch sehen, wo er immer wieder hineinstieß, bis sie den nächsten internationalen Höhepunkt an diesem Abend erreichte. Nun konnte ich sie schon ziemlich nass - außen und innen, wieder in Empfang nehmen. Ich musste ihr unbedingt sagen, wie sehr ich diesen Anblick genossen hatte und auch sie war mit dem bisherigen Lauf des Abends mehr als zufrieden.

Nun war wieder Zeit für Pause und Flüssigkeitsnachschub. Anschließend betrachteten wir von der Couch aus wieder die Umgebung, als einer der weiteren Gäste fragte ob er sie entführen dürfe. Meine schon leicht gebrauchte Frau erbat sich eigentlich noch eine kleine Pause, doch kurz darauf lag sie wieder im Nebenraum auf dem Rücken und streckte ihre neuen Schuhe wieder in die Luft. Auch ihren nächsten Ficker nahm sie ganz tief in sich auf und spreizte ihre Beine so weit wie möglich um den Schwanz tief in sich zu spüren. Sie hatte hier keine

Hemmungen sich wirklich ordentlich durchficken zu lassen. Als er sie zum nächsten Höhepunkt gebracht hatte, wechselte er nach oben und machte unserem Inder Platz, der seine erste österreichische Erfahrung wiederentdeckt hatte und ein zweites Mal an diesem Abend steckte der Schwanz, den sie eigentlich gar nicht wollte, in ihr. Unser indischer Freund nahm sie noch einmal sehr lang und ausdauernd her, da er gemeinsam mit ihr kommen wollte, was beim ihm aber gummi- und feuchtigkeitsbedingt aber nicht mehr klappte. Trotzdem ließ er meine nun völlig befriedigte Frau sehr glücklich und zufrieden zurück.

Leider hatte sie noch keiner ihrer Lover an diesem Abend angespritzt, was ich dann noch bei ihr nachholte, da mich das Zuschauen, wie meine Ehefrau ein ums andere Mal hergenommen wurde, doch sehr geil gemacht hatte. Es ist wirklich herrlich, dann seine verschwitzte und durchgefickte Frau wieder in den Arm nehmen zu können.

Nun war es für uns beide aber genug. Wir holten uns noch ein Getränk und trafen auch unseren Hausfreund wieder, der meinte, unsere gemeinsame Fickerin wäre heute laut den anderen Männern die Attraktion des Abends gewesen, was sie natürlich ungeheuer stolz machte. Wir verabschiedeten uns dann von ihm und den anderen aktiven und passiven Gästen und machten uns auf den Heimweg.

Scharf gemacht

Meine geile Ehefrau war durch die Party offensichtlich wieder auf den Geschmack gekommen, denn sie wollte gleich darauf wieder unseren Hausfreund besuchen. Da Freunde von uns den geplanten Samstagtermin absagten, war der Abend frei für weitere geile Aktivitäten meiner Frau mit R, unserem Hausfreund.

Bereits die Terminvereinbarung über Whatsapp machte sie so geil, dass sie sich sofort ihre Fotze reiben musste. Noch dazu hatte sie sich neue Fickschuhe in knallrot gekauft, die sie mir unbedingt vorführen wollte. Da unsere Kinder gerade nicht zuhause waren, hatten wir das Wohnzimmer für uns allein. So ging sie in den Keller, um die neuen Schuhe zu holen, kam aber nur mit diesen und ohne einen Faden am Körper wieder herauf. Derart beschuht und sonst unbekleidet stolzierte so an mir vorbei, worauf sich mein Schwanz gleich zu heben begann und legte sich mit gespreizten Beinen auf den Teppich im Wohnzimmer, wo sie sich den Kitzler zu reiben begann. Ich meinte, wir sollten unserem HF gleich einmal ein Bild schicken, damit er sieht, wie sie sich auf das Treffen freute. Meine geile Ehefrau war gleich Feuer und Flamme und so bekam er ein Foto von ihr beim Masturbieren in ihren neuen Schuhen sowie eines von ihrem geilen Hintern, was ihn mächtig scharfmachte – leider konnte er selbst erst später wichsen, da er noch im Büro war. Auch uns geilte unser virtueller Dreier natürlich auf, sodass meine nackte wichsende Gattin kurz darauf zu ihrem selbst verschafften Orgasmus kam und ich meinen Saft auf ihr verspritzte.

Am nächsten Tag machte sie sich dann am Abend mit roten Netzstrümpfen und ihren neuen Schuhen auf nach Wien, um sich von ihrem Hausfreund ficken zu lassen. Es ist, auch wenn ich mich zu wiederholen drohe, ein wirklich unbeschreibliches Gefühl, diese Mischung aus Geilheit, etwas Eifersucht und Ungewissheit, was mit der eigenen Frau angestellt wird. Dieses wird dann noch verstärkt, wenn man die Fotos von ihren Schweinereien geschickt bekommt.

Am nächsten Tag musste sie mir natürlich die ganze Geschichte erzählen und es macht mich immer wieder sprachlos, wie sie es hemmungslos genießen kann und ihrem Ehemann begeistert davon berichtet:

Als sie dort ankam, war unser Hausfreund offensichtlich immer noch rattenscharf von den Fotos, die wir ihm am Vortag zugeschickt hatten. Als sie in der Garderobe ihre Hose und ihre Weste auszog und in ihren roten Netzstrümpfen und Schuhen vor ihm stand, konnte er sich schon nicht mehr beherrschen und begann sie überall auszugreifen und zu massieren. Danach gönnte er ihr nur eine kleine Trinkpause (als Gastgeber ist er nicht so bewandert), dann ging es schnurstracks wieder ab in den Keller zu seinem sogenannten Sommerbett, das allerdings eher seine Fickstätte ist. Dort bescherte er meiner bereits aufgegeilten Ehefrau mit seiner Zunge den ersten Orgasmus des Abends.

Doch dann wollte er endlich auch sehen, was ich am Tag zuvor gesehen hatte: Sie sollte sich vor ihm ihre nasse Muschi reiben. Da sich meine geile Ehefrau dabei liebend gerne zusehen lässt, legte sie sich vor ihm auf den Boden und begann sich mit weit gespreizten Beinen ihren Kitzler zu massieren. Ich kann mir richtig vorstellen, wie sie seine gierigen Blicke dabei noch mehr aufgegeilt haben. Doch er hielt diesen heißen Anblick nicht so lange aus, dass sie sich vor ihm bis zum Höhepunkt wichsen konnte, sondern nahm sie gleich das erste Mal auf dem Boden. Anschließend ging es aufs Bett, wo sie wieder von vorne und von hinten gefickt wurde. Meine geile Ehefrau schwelgte in Erinnerung an ihren geilen Abend, während sie sich genüsslich die immer noch glatt rasierte Muschi rieb. Am liebsten hatte sie es offensichtlich, wenn er sie fest zusammendrückte und ihr den Schwanz von der Seite ins Loch steckte.

Danach setzte sie sich noch auf R's Steifen und ritt darauf zu ihrem Orgasmus. Zuerst musste sie sich so auf seinen Schwanz setzen, dass er dabei ihren geilen Arsch sehen konnte. Wahrscheinlich träumte er schon davon, dass er ihn ihr bald einmal in das andere Loch, das sie ihm dabei zeigte, hineinschieben könnte. Dann drehte sie sich um und vollendete ihr Werk, bis es ihr zum wiederholten Mal an diesem Abend kam. Nun war auch er an der Reihe - der Gummi war bei ihrem wilden Ritt am Ende schon heruntergeflutscht - und so saugte sie an seinem Schwanz, bis er ihr sein Sperma auf die Titten spritzte. Ich bekam dann noch ein Selfie, von ihr mit Schwanz, wie sie sich genüsslich die Lippen leckt.

Nun ist sie am Ende ihrer Geschichte und räkelt sich wohlig in meinen Armen, während sie an ihre geilen Orgasmen vom Vortag denkt. Gibt es etwas Schöneres, als eine glückliche und vom Hausfreund befriedigte Frau im Arm zu halten? Noch ein paar schnelle Wichsbewegungen, dann kommt es ihr heftig. Anschließend darf sie noch meinen Schwanz aussaugen. Von so einem Erlebnis hat man tagelang etwas.

Mit dem HF im Swingerclub

Einige Monate später wurde es wieder mal Zeit, dass die geile Ehefrau von unserem Hausfreund gefickt werden sollte. Als ich ihn, wie bereits erwähnt, über das gewohnte Internetforum darauf aufmerksam machen wollte, dass er sich bei ihr zu melden hatte, sah ich, dass er sich zu einer Party in einem Swingerclub in Wien angemeldet hatte und ein Date dafür suchte. Ich schrieb ihm daraufhin, warum er denn suche, wenn eine willige Dame doch ganz in der Nähe auf ihn warten würde. Der Gedanke, dass nicht nur er sie dort nehmen würde, sondern sie möglicherweise von anderen unbekannten Männern gefickt werden würde und sie mir diese Erlebnisse dann erzählen müsste, machte mich wirklich scharf. Jedoch glaubte ich nicht wirklich daran, dass sie darauf einsteigen würde, denn ich hatte zuvor schon versucht, sie mit dem HF auf eine der gewohnten Partys gehen zu lassen, was sie aber bis dato abgelehnt hatte. Sie meinte, er würde sich dort eher anderweitig vergnügen wollen und nicht so auf sie aufpassen, wie ich es tue.

R war von dem Plan genauso angetan wie ich und schrieb ihr über WA, dass er sie für diesen Abend gerne als Begleitung haben würde. Meine sonst so geile Ehefrau reagierte anfangs ziemlich genau so, wie ich es erwartet hatte, aber der Gedanke daran schien sie nicht loszulassen. Mit jedem Mal, wenn sie darüber sprach, wurde der Widerstand kleiner, was ich natürlich ganz selbstlos unterstützte. Bald war sie dann soweit, dass sie ihn in den Club begleiten würde, aber nur, wenn er versprach gut auf sie aufzupassen und sie von zuhause abzuholen, was er – in der Aussicht auf einen geilen Abend mit meiner Ehefrau – ohne zu zögern auch tat.

An besagten Abend machte sie sich dann wie immer besonders geil für ihn und diesmal auch für den Club zurecht. Sie erschien ganz in schwarz mit ihrem durchsichtigen Spitzenshirt, das ihre geilen Titten durchsehen ließ und Strümpfen, dazu war sie natürlich wie immer blitzblank rasiert. Allein der Anblick und das Wissen, dass sie unseren HF (und hoffentlich noch ein paar andere Hengste) damit ordentlich aufgeilen würde, machte mich ordentlich scharf. Dazu kam wie immer, dass ich nicht wissen würde, was sie dort gerade trieb, was ja den Reiz an diesen Aktivitäten ausmachte. Sie war doch einigermaßen nervös, weil es das erste Mal war, dass sie ohne mich einen Club besuchte, aber ich beruhigte sie und wünschte ihr viel Spaß und gab ihr noch mit, dass sie wie immer keine Hemmungen zu haben bräuchte. Am liebsten wäre ich ihr diesmal jedoch nachgeschlichen um sie heimlich zu beobachten. Bilder waren ja an diesem Abend keine zu erwarten, da man im Club ja nicht fotografieren durfte, ich musste also darauf warten, was sie mir berichten würde.

Am nächsten Morgen konnte ich es kaum erwarten, dass sie endlich aufwachen und mir eine erste Zusammenfassung der Geschehnisse im Club geben würde. Sie hatte es offensichtlich sehr genossen dort und wir wichsten gemeinsam mal die erste Geilheit weg – sie die noch vorhandene und ich die aufgestaute. Wie immer war es ein besonderer Genuss, den Körper meiner geilen Frau, der noch wenige Stunden zuvor von anderen Männern benutzt worden war, nochmals anzuspritzen.

Die Details ließ ich mir dann am Abend berichten und beobachtete sie, wie sie beim Erzählen (natürlich ebenso wie ich als Zuhörer) wieder geil wurde und ihre Fotze hingebungsvoll dabei rieb.

R. hatte sie also am Abend zuvor bei uns abgeholt und sie zum Club gebracht. Dort schlenderten sie eine Weile zwischen Bar und Clubräumlichkeiten auf der Suche nach anderen geilen Gästen herum, um jene zu finden, mit denen man sich auch vergnügen konnte. So fanden sie schließlich in einem der Zimmer ein attraktives Paar, das bereits miteinander zugange war und leisteten ihnen Gesellschaft. Der weibliche Part, eine schlanke Blondine, war aber weniger an PT oder Roland als an meiner geilen Ehefrau interessiert und begann sich um ihre geilen Titten und um ihre glatte Möse zu kümmern. So fand sie sich innerhalb kurzer Zeit mit gespreizten Beinen und einer flinken Zunge im Loch auf dem Bett wieder. Unser HF wusste zwar, dass sie auch Frauen zugetan ist, hatte das aber bis dato nicht miterlebt, da wir uns nur auf Herrenüberschusspartys getroffen hatten, wo ja andere Aktivitäten im Vordergrund stehen. Es muss für ihn (wie ja auch für mich damals) daher ein toller Anblick gewesen sein, seine Fickfreundin das erste Mal bei lesbischen Spielchen zusehen zu können. Die Blondine dürfte ihr Handwerk verstanden zu haben, denn sie leckte und fingerte sie gekonnt bald zu ihrem ersten Höhepunkt. Da konnte auch unsere geile Ehefrau nicht widerstehen und wechselte nun ihrerseits zwischen die Beine ihrer Wohltäterin. Es war zwar schon eine Zeitlang her, dass sie eine andere Frau geleckt hatte, aber sie hatte offensichtlich nichts verlernt. Genussvoll bearbeitete sie die Schamlippen ihrer neuen Bekanntschaft und schlürfte ihr den Saft aus der ebenso glatten Möse bis auch diese explodierte. Der Anblick der Frauen, die sich gegenseitig verwöhnten, machte natürlich auch die beiden Männer immer geiler und so schob R. ihr danach gleich seinen Ständer von hinten in ihr nassgeschlecktes Loch und begann sie ordentlich durchzuficken. Das andere Paar konnte nun dabei zusehen, wie sie ihren Hintern in die Höhe reckte, um seinen harten Ständer möglichst tief in ihrer nassen Fotze zu spüren. Es machte die beiden sicher geil zu sehen, wie bei jedem Stoß ihre dicken Titten hin und her schaukelten. Meine Frau war durch die Leckereien schon ziemlich aufgegeilt, zudem machten sie die beiden Zuseher wie immer noch heißer. Sie brauchte sie daher auch nicht lange um unter den Stößen unseres HF bald ein zweites Mal zu kommen.

Nach diesem ersten heißen Erlebnis war es Zeit für eine Pause und die beiden zogen sich wieder an die Bar zurück, um neue Energie zu tanken. Da R. noch nicht zum Abschuss gekommen war, machten sie sich nach einiger Zeit wieder auf die Suche nach neuen Abenteuern. Auf einer der Spielwiesen fanden die beiden wieder ein Paar, zu dem sie sich gesellten. Meine Ehefrau war durch die erste Session eigentlich schon ziemlich befriedigt, aber unser HF war wie gesagt noch nicht fertig. Er unterstützte den männlichen Part des Paares, um seine Partnerin zum Höhepunkt zu bringen, während meine geile Frau sich darauf beschränkte den drei zuzusehen und ihre Möse dabei zu reiben, was ihr mit Publikum wie immer besonders Spaß machte. Während sie sich den Kitzler rieb, drehte sich R. um und schob ihr seine Eichel in den Mund, um sich endlich fertigmachen zu lassen. Sie saugte und wichste den steifen Prügel bis er ihr seinen Saft in den Mund spritzte. Da sie an ihrer Muschi brav weitergemacht hatte, brachte sie das zu ihrem dritten Orgasmus an diesem Abend und die Erinnerung daran daheim auf der Couch zum zweiten am nächsten Tag.

Für meine Frau reichte es an diesem Abend und R. (der sicher gerne noch weitergemacht hätte) brachte meine befriedigte Ehefrau nach einem Abschlussdrink wieder heim. Ich hätte mir zwar gewünscht, dass sie der eine oder andere sie dort noch gefickt hätte, aber auch so war es ein sehr geiles Erlebnis für uns beide (oder auch uns drei). Leider meinte sie trotzdem, das würde sie nicht noch einmal machen wollen. Schau mer mal, was sich in dieser Angelegenheit noch so ergibt...

Anale Freuden mit dem Hausfreund

Nach dem letzten Besuch meiner geilen Ehefrau bei unserem Hausfreund, berichtete sie mir, dass er sich einige Male an ihrem Arschloch zu schaffen gemacht hatte. Offensichtlich würde er sie zu gerne auch einmal in ihr zweites, engeres Loch ficken wollen. Da ich das als weitere Steigerung ihres versauten Treibens sah, gefiel mir die Vorstellung, dass er ihr seinen steifen Prügel in den Arsch schob, natürlich sehr. Anfangs lehnte sie das natürlich wieder ab, da sie noch nie besonders auf Analverkehr stand, aber ich ließ in der Angelegenheit nicht locker und sagte ihr ein ums andere Mal, dass mich die Vorstellung (s)eines Schwanzes in ihrem Hintern doch sehr geil machte.

Da ich beim nächsten Treffen sowieso wieder einmal dabei sein wollte (um ihn quasi daran zu erinnern, dass sie nicht nur seine

Fickstute ist), schlug ich vor dann ein Sandwich mit ihm zu probieren. Anfang Dezember machten wir uns dann wieder einmal nach Wien auf, um einen flotten Dreier mit unserem HF zu veranstalten. Nach ein bisschen Smalltalk und einem Begrüßungsgläschen ging es dann wieder in seinen Keller, wo das Doppelbett steht, in dem er es meiner geilen Ehefrau regelmäßig besorgt. Dort schälten wir sie wie immer relativ flott aus dem Gewand und den Strümpfen (ich finde es am geilsten, wenn sie beim Ficken splitternackt ist) – und ließ sich von ihr einmal ausgiebig den Schwanz hochblasen. Danach versenkte er denselben – nun schon steif und fickfertig - gleich einmal in der schon bereiten und nassen Fotze unserer gemeinsamen Fickstute. Ich sah mir die geile Szenerie einmal und wichste mir dabei genüsslich den Schwanz.

Nach dieser ersten Runde ging ich dazu über, unseren Plan nun in die Tat umzusetzen. Ich legte mich auf den Rücken und ließ meine Frau auf meinem Schwanz platznehmen. Sie kniete sich hin und streckte den Arsch in die Höhe. Zu R. meinte sie dann, dass noch eines frei wäre, was er sich natürlich nicht zweimal sagen ließ. Er kniete sich hinter sie und schob ihr seinen Schwanz bis zum Anschlag in den Arsch. Wie gerne hätte ich mich jetzt geteilt und mir die Szene von hinten angesehen, aber es war auch so wahnsinnig geil, dass meine geile Ehefrau über mir von einem anderen in den Hintern gefickt wurde. Unser HF fickte meine immer lauter stöhnende Ehefrau genussvoll in ihr enges Loch – das jetzt gar nicht mehr so eng war – bis sie beide zu ihrem Höhepunkt kamen. Nun konnte ich sie von hinten betrachten – es gibt kaum etwas schöneres als ein frisch geficktes Arschloch, ganz besonders wenn es der eigenen Frau gehört.

Nach einer kleinen Erholungspause wurde nochmals gefummelt – R. fingerte unsere gemeinsame Fickpartnerin zu einem weiteren Höhepunkt und sie blies und wichste unsere Schwänze bis sie unseren Saft im Gesicht und auf ihren Titten verteilt hatte. Danach meinte sie, sie verstehe nicht wirklich, was wir so geil am Arschficken finden würden, es sei für die Frau jetzt nicht wirklich so toll und daher würde ihr dieses eine Mal auch reichen.

Da hatte sie sich jedoch getäuscht – denn R. hatte offensichtlich Geschmack an der Sache gefunden. Als sie von ihrem nächsten Besuch bei unserem HF nachhause kam, berichtete sie, dass sie schon wieder in den Arsch gefickt worden wäre. Im ersten Moment glaubte ich schon, sie hätte jetzt endlich Geschmack daran gefunden oder würde es zumindest als erträglich sehen, doch offensichtlich hatte unser HF sie hier etwas überrumpelt. Meine geile Ehefrau meinte, er hätte sich an ihrem Hintern gerieben und sei dann schlussendlich durch den Fotzensaft, der schon überall verteilt war, in ihr zweites Loch „hineingerutscht", was er natürlich gleich weidlich ausgenutzt hatte. Diesmal sollte es aber wirklich das letzte Mal gewesen sein! Wir werden sehen – ich halte den werten Leser auf dem laufenden!

Leider gab es diesmal nur ein Foto von der Heimfahrt – sie fotografierte ihre glatte Fotze an der Ampel!

Fasching

Am Faschingssamstag gab es dann die nächste E & L – Party, dem Anlass entsprechend natürlich als Fest mit Verkleidung. Das erforderte einiges an Vorbereitung, man wollte mit dem Kostüm ja auffallen unter den ganzen Partygästen. So entschieden wir uns nach einiger Beratung und Begutachtung diverser Kostümvarianten schließlich als griechische Adelige zu erscheinen. Das hatte den Vorteil, dass uns mit diesen luftigen Kleidchen nicht allzu heiß (zumindest nicht von der Temperatur) werden würde.

An besagtem Abend machten wir uns also auf zur gewohnten Location, wo wir uns in die griechischen Gewänder warfen um uns sogleich in Getümmel zu stürzen. Zuvor gab es aber noch die gewohnte Fotosession, wo wir in unserem Partyoutfit verewigt wurden.

Anschließend begaben wir uns Richtung Bar, wo wir vom Gastgeber mit einem Cocktail empfangen wurden und schauten uns erstmal um, welche bekannten und annehmbaren Leuten uns an diesem Tag Gesellschaft leisten würde. Wir entdeckten bald einige vertraute Gesichter, auch wenn das eine oder andere diesmal leicht getarnt war. R, unser HF, diesmal mit Glitzerhut, begrüßte uns freudig, dazu kam auch noch DM, als Römer kostümiert, sowie Cowboy S, von dem wir uns für Aktivitäten außerhalb der Partys endlich die Telefonnummer organisierten, bevor er uns wieder entwischen konnte. Die Räumlichkeiten füllten sich nach und nach mit mehr oder weniger kostümierten Partypeople und wir (und wahrscheinlich auch der Großteil der anderen Gäste) warteten gespannt darauf, dass es endlich losgehen würde. Es wurde schon fleißig durch die Räumlichkeiten gestreift und nach potentiellen Fickpartnern Ausschau gehalten, die ersten Grüppchen hatten sich formiert und hier und da fielen auch schon die ersten Hüllen. Auch meine geile Ehefrau wurde schon leicht unruhig und meinte zu unserem Hausfreund, der wie immer leicht unschlüssig war, man sollte doch einmal nachschauen gehen, was sich im Partyraum so abspielt. Die beiden verschwanden Hand in Hand nach hinten und ich nutzte die Gelegenheit, mal kurz an die Luft zu gehen.

Danach schlenderte ich zurück, um nachzusehen, wie weit die beiden schon waren. Inmitten der nun doch schon zahlreichen aktiven Gruppen und Zusehern, war es gar nicht so einfach auszumachen, wo sich meine geile Ehefrau und ihr Lover gerade vergnügten. Er hatte sie bereits teilweise aus ihrem Kostüm befreit und schob ihr gerade seinen Schwanz zwischen die Lippen damit sie ihn schön steif für ihre Muschi machen konnte. Bis dahin machte ich noch einen Rundgang und holte mir ein neues Getränk. Als ich zurückkam, sah ich schon von weitem, was mir immer am besten gefällt - ihre Beine in der Höhe und weit gespreizt während unser HF eifrig ihre nasse Fotze fickte. Auch sie war dabei nicht untätig und warf ihm ihr Becken entgegen, während sie ihn mit den Fersen tief immer wieder in ihr Loch hineindrückte. Er hatte anscheinend schon gut vorgearbeitet denn es dauerte nicht mehr lange und ich hörte meine Ehefrau zum ersten Mal an diesem Abend ihren Orgasmus herausschreien. Sie lächelte glücklich und erleichtert, als ich sie wieder in Empfang nahm - es ist doch immer wieder schön, eine frisch gefickte Ehefrau zurückzubekommen.

Sie brauchte nun wieder etwas Zeit, um ihrem Loch eine Erholungspause zu gönnen. Daher besorgten wir uns ein weiteres Getränk von der Bar sowie einen kleinen Imbiss und schauten, was sich sonst noch so tat auf der Party bzw. wer der nächste sein würde. So gesellte sich bald DM zu uns und nach ein bisschen Smalltalk begann er sich an die immer noch nasse Fotze meiner Ehefrau vorzutasten. Sie war nicht abgeneigt und so zogen sich die beiden auf eine der Matratzen zurück. Ich ließ meine schon wieder geile Frau in seiner Obhut zurück und ging wieder mal Luft schnappen. Als ich zurückkam, befand sie sich gerade auf allen Vieren und wurde von hinten durchgerammelt. Ihrem Schreien zufolge war sie mit dieser Behandlung einverstanden und genoss seine tiefen Stöße. Da kam auch mal wieder unser HF ums Eck und nahm mit einem Schmunzeln war, was gerade einige Meter vor ihm mit unserer gemeinsamen

Fickfreundin passierte. Wir unterhielten uns über seinen Golfurlaub, während zwei Meter neben uns meine Frau ihre Lust hinausstöhnte wobei ein fremder Sack laut und vernehmlich gegen ihren Hintern klatschte. Ich fand diese Situation unheimlich geil, wie sie sich hier wieder einmal ohne Hemmungen diesem doch nicht so kleinen Schwanz hingab, während wir und noch einige andere Gäste ihr dabei zusahen. Ich fand an dieser Party doch etwas seltsam, dass keine anderen Männer mitspielen wollten – offensichtlich waren doch mehr Paare hier. Schließlich endete auch dieses geile Spiel mit einem lauten Schrei meiner Ehefrau und nun war eine Erholungspause wirklich notwendig.

Wir besorgten uns wieder ein Getränk und schlenderten noch ein wenig durch die Räumlichkeiten. Diese hatten sich mittlerweile etwas geleert, es schien als ob die ersten Fickrunden einmal vorbei waren. Wir schauten uns um, ob noch etwas Annehmbares vorhanden war oder ob Cowboy S, der heute irgendwie auf der Flucht vor uns war, vielleicht irgendwo aufzufinden sei. Auf einer Couch im Partyraum erblickten wir einen unbekannten männlichen Gast, der unseren Vorstellungen entsprach und meine noch immer nicht ganz befriedigte Ehefrau setzte sich zu ihm, während ich unsere Gläser auffüllen ließ. Als ich zurückkam hatte sie schon einige Infos gesammelt – Freund der Veranstalter aus Hamburg, Vertreiber von Nüssen aller Art, also keine schlechte Partie. Leider zeigte er kein weiteres Interesse und verließ uns wieder –

hinterließ jedoch unabsichtlich seinen Autoschlüssel. Nun hatten wir einen Grund, ihn zu suchen... Wir fanden ihn dann in einem anderen Raum, wie er am Billardtisch zusammen mit S bei einem anderen weiblichen Gast zugange war.

Meine Frau fragte ihn, ob er etwas vermisse und schwenkte den Schlüssel vor ihm, den er umgehend zur Seite beförderte und sie vor ihm niederknien ließ, damit sie seinen Türöffner näher in Augenschein nehmen konnte. Nachdem sie ihn mit ihrem Mund genug behandelt hatte, zogen sich die beiden auf die nächste Couch zurück, damit er ausprobieren konnte, ob der Schlüssel auch in ihr Schloss passte. Trotz seiner nicht unerheblichen Ausmaße gab es hier offensichtlich keine Probleme. Meine geile Ehefrau nahm also darauf Platz und ritt, wie sie mir danach berichtete, in die Nähe des siebten Himmels und zu einem gewaltigen Orgasmus. Das heiße Schauspiel machte mich noch einmal geil und nachdem er sie glücklich hinterlassen hatte, steckte ich ihr nochmals meinen Ständer, zwischen die Lippen. Sie rieb sich dabei ihre noch immer glühende Muschi und wir kamen zum Abschluss noch einmal zu einem gemeinsamen Höhepunkt. Nach diesem geilen Fick und meinem Saft auf ihren Titten war sie nun wirklich vollends glücklich und zufrieden.

Dieser Abend hatte sich wirklich ausgezahlt, auch wenn sie nicht von ihrem Cowboy geritten worden war...

Stramme Steirer

Im Mai absolvierten wir dann wieder unsere obligatorische Städtereise, die uns diesmal nach Graz in die schöne Steiermark führen sollte. Als Vorbereitung versuchten wir wieder mittels Dates über unser Internetforum gleich das eine oder andere Treffen zu vereinbaren oder eine Clubempfehlung zu bekommen, aber wie immer kamen nur unzählige Komplimente aber kaum konkrete Vorschläge. Jene, die uns näher kennenlernen wollten, wollten wiederum wir nicht. So machten wir uns halt wieder mal spontan auf die Suche nach dem einen oder anderen geilen Abenteuer.

Nach dem sich nichts Anderes anbot und in den Clubs nur seltsame Partys stiegen, suchten wir am Freitag ein Pornokino auf, das im Internet einen netten Eindruck gemacht hatte. Wir wurden auch nicht enttäuscht, im Gegensatz zu den Wiener Kinos war alles ziemlich neu und sauber. Der Chef des Hauses hielt uns für unerfahrene Besucher und uns noch einen längeren Vortrag was uns erwarten würde – genau das was wir wollten. Meine geile Ehefrau war kaum zu halten, nach der Bezahlung ging es direkt in die hinteren Räumlichkeiten des Sexshops. Es war kein Kino im eigentlichen Sinn, sondern wie das Kinolabyrinth in Wien eine Ansammlung von kleineren Räumen mit verschiedenen Ausstattungen, wo auf Fernsehern Pornovideos liefen. Wir sahen uns die ganzen Kämmerchen einmal an und blieben schließlich ein einem kleinen Raum mit

Liege hängen, das nach hinten nur einen Spalt offen war, sodass die Frau, wenn sie sich verkehrt hinlegte, nicht sah, wer sie von draußen fickte. Meine schon geile Ehefrau begab sich mal auf die Liege sich mal hin und ich begann ihre glatte Fotze zu fingern, da kamen auch schon die ersten Zuseher von beiden Seiten. Es war ein ganz ansehnlicher junger Mann dabei und sie drehte sich gleich mal um, damit sie von der äußeren Seite des Raumes zugänglich war.

Der junge Mann war jedoch etwas zögerlich und so nahm ein Paar, das nach uns gekommen war, die Sache in die Hand. Er war glatzköpfig und nicht wirklich unser Typ, so nahm ich eigentlich nicht an, dass sie sich von ihm angreifen lassen würde. Seine Begleiterin, eine großgewachsene Blondine kümmerte sich gleich einmal um die glatte Fotze meiner Ehefrau und begann sie mit ihren Fingern zu ficken. Der Glatzkopf hatte sich inzwischen auf die andere Seite aufgemacht und so sah ich durch den Spalt nur seine Hand, die inzwischen die Titten meiner Frau massierten. Offensichtlich machte sie das Fingern ihrer Muschi geil auf einen Schwanz, denn nachdem sich auf dieser Seite der Kabine trotz einiger Zuseher nichts dergleichen tat, drehte sie sich wieder um. Ich ging auf die andere Seite, um nachzusehen, was sie zur Wendung bewogen hatte und kam dazu, wie sie ein junger schwarzhaariger Typ gerade heftig vögelte. Er dürfte einen ziemlichen Samenstau gehabt haben oder meine heiße Ehefrau hatte ihn schon geil gemacht, denn brauchte auch nicht mehr lange und spritzte nach einigen heftigen Stößen seinen Saft in den Gummi. Dankbar lächelnd zog er seine Hose hinauf und verlies uns wieder. Zu so einem geilen Fick würde er es wohl lange nicht mehr bringen.

Meine Frau war jedoch noch nicht gekommen und nahm daher den Schwanz des Glatzkopfs zu meinem Erstaunen dankbar in ihr nasses Loch auf. Er war ziemlich dick, der Gummi ging gerade mal bis zur Hälfte darüber. Offensichtlich war sie nun schon eine ziemlich professionelle Hobbynutte und zudem sehr geil, denn diesen Typ hätte ich ihr eigentlich sonst nicht zugetraut. In diesem Moment war ihr das jedoch ziemlich egal oder es turnte sie noch mehr an, sie genoss es jedenfalls, hier und jetzt von irgendwelchen fremden Männern genommen zu werden. Er fickte sie mit heftigen Stößen, die sie nach Kräften erwiderte indem sie sich hinten an der Wand mit den Händen abstützte. Ihr Stöhnen wurde immer lauter, bis sie zeitgleich mit ihm explodierte. Auch er verließ uns mit einem glücklichen Lächeln, so wie sein Vorgänger.

Meine geile Ehefrau lag mit weit gespreizten Beinen auf der Liege und lächelte glücklich und entspannt über ihre Schweinerei. Sie war stolz auf das, was sie die sie soeben geleistet hatte, sich einfach ihrer Geilheit hinzugeben, egal mit wem. Der Besuch hier hatte sich wirklich gelohnt.

DP bei der Silent Party

Bei einer der letzten Veranstaltungen kam das Gespräch auf andere Veranstaltungen ähnlicher Art, unter anderem auf die sogenannten Silent Partys, die unser Hausfreund regelmäßig besucht. Ich fand diese vom Publikum her sehr ansprechend, wenn auch ein bisschen teuer, jedoch das Prozedere etwas umständlich. Hier wurden die Damen und Herren zuerst getrennt und erst nach Eintreffen aller Gäste werden die Damen vorgeführt und dürfen sich einen der Männer aussuchen, was ja noch ganz interessant war. Jedoch sollte das dann zumindest eine Stunde unter Schweigen (Lustschreie wahrscheinlich ausgenommen) von statten gehen, was ich irgendwie umständlich empfand. R meinte jedoch, es würde in der Realität nicht allzu eng gesehen und diese Veranstaltungen seien durchaus zu empfehlen – als Mann war man halt davon abhängig, von welcher Dame man ausgewählt wurde. Auf der anderen Seite natürlich auch welchen Mann die Frau erwischt. Er würde unsere geile Ehefrau bei der nächsten derartigen Party gerne mitnehmen, um sie von deren Qualität zu überzeugen und zu meiner Überraschung zeigte sie sich diesem Vorhaben gegenüber nicht abgeneigt.

Als dann einige Zeit später die nächste Silent Party im Internet angekündigt wurde und unser HF gleich mal ein Date dafür suchte, erinnerte ich ihn daran, dass er eigentlich schon eine Begleitung dafür hatte. Er war – wie immer wenn, es um meine

Frau ging – sofort einverstanden und auch die besagte Begleitung war zunächst zwar etwas überrascht, aber mit etwas Nachdruck dann nicht schwer zu überzeugen. Da das letzte Treffen mit ihm sowieso schon einige Zeit zurücklag, war es wieder mal Zeit für gemeinsame Aktivitäten. Zweifel wie - was wäre, wenn er schon besetzt sei etc. - wurden umgehend beseitigt. Zudem war ich zu dieser Zeit nicht einsatzfähig und die Aussicht auf einen steifen Schwanz in ihrer Möse wischten auch die letzten Bedenken beiseite.

Da der Veranstaltungsort immer erst kurz zuvor bekannt gegeben wird, verabredete sich meine geile Ehefrau mit unserem Hausfreund in einem Lokal in der Stadt, von wo man dann zur Party aufbrechen würde. Sie hatte sich wie immer entsprechen aufreizend zurechtgemacht (zumindest darunter wegen Kinder zuhause und der Gäste im Lokal) und ich beneidete R. schon bei der Verabschiedung darum, sie an diesem Abend noch ficken zu können.

Nach Information über den genauen Ort –machte man sich auf den Weg. Im Lift zur Wohnung trafen R und meine Frau zwei Bekannte von ihm, die im weiteren Verlauf des Abends noch eine tragende Rolle spielen werden. Nach Ankunft in der Wohnung wurden, wie bereits in den Modalitäten dieser Veranstaltung beschrieben, die beiden getrennt, jedoch nicht ohne vereinbart zu haben, dass meine geile Ehefrau in der ersten Runde einen anderen Mann wählen sollte. Sie entschied sich im Geiste gleich einmal für T, einen der beiden Liftbekanntschaften.

Anschließend wurde sie ins Schlafzimmer im oberen Stock geführt, das zum Wartezimmer der Damen umfunktioniert worden war. Hier konnten sich die weiblichen Teilnehmerinnen bei einigen Gläsern Prosecco auf die kommenden Ereignisse vorbereiten. Als dann alle angemeldeten Gäste eingetroffen waren, wurden die nun schon in lockerer Stimmung befindlichen und geil zurechtgemachten Damen ins Untergeschoss geleitet und den wartenden Herren vorgeführt. Meine geile Ehefrau hatte sich vorsorglich vorne eingereiht um auch sicher ihren ausgewählten Ficker zu bekommen.

Mit diesem machte sie sich gleich wieder ins Schlafzimmer auf, um endlich zu ihrem Schwanz zu kommen, dort war das Bett leider bereits von einem schnelleren Paar okkupiert. Das störte T., ihren Liebhaber für die erste Runde aber in keinster Weise, er nahm meine geile Ehefrau gleich einmal im Stehen und nagelte sie im wahrsten Sinne des Wortes an die Balkontüre. Als die erste Geilheit befriedigt war, verwöhnte sie mit dem Mund um den steifen Schwanz, der ihrer Fotze gerade Genuss verschafft hatte. Gleichzeitig fingerte T. ihr nasses Loch und rieb ihren geschwollenen Kitzler, bis sie ihren ersten Orgasmus des Abends erlebte. Anschließend war Zeit für Pause und Erholung und man begab sich wieder hinunter zum Buffet.

Dort wurden die Energie- und Flüssigkeitsspeicher wieder aufgefüllt und Smalltalk betrieben, dabei stieß auch der zweite Freund namens C. zu den beiden. Da das Stehen mit den High - Heels doch eher anstrengend war, ließ sich meine Frau auf der

Couch nieder, was die beiden ausnutzten und ihr die Schwänze in den Mund steckten. Während sich die anderen Gäste am Buffet delektierten, ließ sich meine geile Ehefrau zwei steife Schwänze schmecken. Als die beiden wieder im gebrauchsfähigen Zustand waren, zog sich das Trio ins Nebenzimmer zurück, um sich dort wieder ihren anderen Löchern zu widmen. Nun übernahm C. das Kommando und fickte sie zuerst von hinten, während T sich weiter den Schwanz lutschen ließ. Dann zog er seinen Steifen heraus, legte sich auf das Bett und zog das nun gemeinsame Lustobjekt über sich. Das ließ sie sich nicht zweimal sagen und ritt einmal genüsslich ihren neuen Hengst. Doch dieser zog sie nah zu sich sodass sie ihren Hintern in die Höhe strecken musste um seinem Freund Zugang zu ihrem engen Arschloch zu ermöglichen. Es war von ihrem Muschisaft schon gut eingeölt, so konnte er seinen Ständer leicht in den Hintereingang meiner nun doppelt gefickten Ehefrau schieben. Doch leider war sein Schwanz nicht mehr in der Lage, ihr einen dauerhaften DP zu verschaffen und glitt alsbald wieder aus ihrem Arsch. Das nutzte C., der sie nach vorne zog und von ihrer Fotze nach hinten glitt um sie nun mit dem Arsch auf seinem Ständer reiten zu lassen. Da sie vom Doppeldecker bereits an den Rand des Höhepunkts gebracht worden war, dauerte es nicht lange bis zu ihrem nächsten Orgasmus und auch er jagte nun seinen Saft in den Gummi.

Nun ging es wieder zurück zum Buffet, wo sich auch die anderen Gäste von den bisherigen Fickrunden erholten. Sie erwartete eigentlich, dass sich unser Hausfreund, ihr ursprünglicher Begleiter nun um sie kümmern würde, aber offensichtlich brauchte er noch länger, um wieder Kraft zu schöpfen. So verließ meine nun befriedigte Ehefrau das Fest ohne Fick mit ihm.

Sie konnte es kaum erwarten, mir von ihrem Sandwich zu berichten, am nächsten Morgen nach dem Aufwachen überraschte sie mich gleich einmal mit diesem Erlebnis, dass ihr offensichtlich außerordentlich gut gefallen hatte. Da das anscheinend noch nachwirkte, ließ sie gleich einmal den Pyjama ausziehen und ihre benutzte und noch brennende Fotze wichsen, während sie mir einen ersten kurzen Bericht abstattete, die Details würde sie mir noch später erzählen müssen. Es war wie immer herrlich, die frisch gefickte nackte Ehefrau im Arm zu halten, während sie das eben erlebte wieder geil machte und sie sich neben mir ungeniert Befriedigung verschaffte.

Im Osten nichts Neues

Von den folgen Monaten lässt sich eigentlich nichts Besonderes berichten. Es fanden zwar die gewohnten Veranstaltungen statt, das Niveau ließ jedoch immer mehr zu wünschen übrig oder wurden wir mit der Zeit einfach immer anspruchsvoller?

Es gab eine Sommerparty – leider nicht vom Wetter begünstigt, die gewohnten M und E&L Partys, zudem besuchten wir dann zusammen eine Silent Party. Diese wurde jedoch kurzerhand zu einer normalen Party umfunktioniert, da einige Gäste aufgrund der Parkplatzsituation verspätet eintrafen.

Man traf halt überall die altbekannten Gesichter, die dann mangels neuer Teilnehmer das Vergnügen mit meiner geilen Ehefrau hatten aber irgendwann waren uns diese Veranstaltungen einfach nicht mehr das Geld wert. Der Eintritt war doch zumeist so 50 bis 100 Euro, je nach Veranstaltung. Ok, man gab sich Mühe und stellte Essen und Trinken zur Verfügung doch unser Focus lag ja auf einem anderen Schwerpunkt. 1x an einem Abend mit einem eh schon alten Freund oder gar nur miteinander, weil sonst kein Angebot vorhanden, da begann man zu überlegen. Noch dazu, weil man die Attraktion für die anderen ja eigentlich selbst mitbrachte.

Die Entscheidung punkto Besuch künftiger Veranstaltungen wurde uns jedoch abgenommen – Lockdown. Jetzt ging die nächsten Monate, mittlerweile sind es zwei Jahre, sowieso kaum mehr etwas. In den Pausen, wenn es Lockerungen gab, poppten zwar zaghaft einige Veranstaltungen wieder auf aber eben immer unter dem Damoklesschwert möglicher Ansteckung. Das war es uns nicht wirklich wert. So hieß es zuerst einmal warten, wie sich die Lage entwickeln würde.

Die Ehefrau auf Beutezug

Während der Pandemie wurden dann im Frühling wieder die Maßnahmen gelockert sodass man im darauffolgenden Sommer wenigstens halbwegs normal Urlaub machen konnte. Die Kinder fuhren wieder auf Ferienlager was wir für einen Urlaub in Graz und Velden nutzen konnten. Auf unserem Trip durch die südlichen Bundesländer hofften wir wieder auf das eine oder andere geile Erlebnis.

In Graz erlebten wir einen Reinfall mit unserem Date und suchten dort in der Folge auch nicht das Sexkino auf, das uns bei einem der letzten Besuche in Graz ja eigentlich sehr gut gefallen hatte. Lauter Fremde mit unbekanntem Status war uns dann doch zu riskant.

In Velden machten wir dann ab Mitte der Woche Station und trafen uns dort mit einer Freundin meiner Frau und deren Mädelpartie. Am Abend war dort zwar viel los, aber es gab es auch keine Avancen von anderen Männern was mich bei unserer Gruppe mit fünf Frauen doch wunderte. In einem der In – Lokale lernten wir einige Tiroler kennen, die zwar lustig, aber auch eher auf Trinkurlaub aus waren. Die Mädels trafen wenigstens einen lustigen Segellehrer, der ein bisschen Party machte. Meine Frau machte jedoch hier nicht wirklich mit und ließ sich dann am Freitag auch nicht überreden, mit den anderen Mädels auf seinem Floß Party zu machen und hier vielleicht einen von seinen Freunden kennenzulernen. Ich trat dann am Samstag die

Heimreise an, da das Ferienlager zu Ende ging, meine Frau blieb noch dort und würde dann mit ihrer Freundin nach Venedig weiterreisen.

Da ich ihr für Velden auch keinen entsprechenden Auftrag erteilt hatte, wen aufzureißen, sondern eher meine Hoffnungen auf die italienischen Casanovas setzte (die sich aber als Muttersöhnchen erwiesen), dachte ich auch nicht mehr an mögliche Abenteuer meiner Ehefrau.

Umso überraschter war ich, als ich am Sonntag früh eine WA mit dem Bild eines fremden Mannes erhielt, den sie als ihre Beute bezeichnete. Auch meine Nachfrage ob sie sich wirklich nuttig benommen hätten, wurde bestätigt.

Ich konnte es natürlich kaum erwarten, bis es Mittwoch wurde und ich meine endlich wieder fremdgefickte Ehefrau zu ihren Erlebnissen befragen konnte. Kurz hatte sie ja schon am Telefon gestanden, was sie getrieben hatte, aber ich wollte natürlich alle Details wissen.

Nach einem ausgiebigen Essen und ein paar Drinks war es dann soweit. Sie musste sich im Hotelzimmer nackt vor mich hinsetzen und ihre Fotze reiben, während sie mir die Details ihres Abenteuers berichtete:

Meine geile Ehefrau hatte in einem In - Lokal mit einem Typen fremdgeflirtet, der einige Tisch weiter mit seiner Männerpartie ein paar Flaschen Prosecco vernichtete. Nach einigen heißen Blicken kam man dann näher in Kontakt. Nach einem Wechsel in ein altbekanntes Lokal wurde der Kontakt dann noch um einiges enger und so schlug sie ihrem leicht erstaunten Aufriss, der sein Glück gar nicht fassen konnte, vor, man könne doch das Kennenlernen woanders fortsetzen. Gesagt getan – man verschwand in Richtung Hotel, um das Vorhaben in die Tat umzusetzen. Auf dem Weg versuchte man noch, ein Kondom aufzutreiben, die routinierte Ehefrau war aber glücklicherweise noch ausgerüstet.

Im Zimmer angekommen, ließen die beiden ihre Kleider fallen und schritten zur Tat. Er machte sich über ihre geile glatte Fotze her und leckte ihr den Saft heraus, der sich schon dort angesammelt hatte.

Der gleiche Saft übrigens, der schon auf ihren Fingern glänzte, mit denen sie sich vor mir, in Erinnerung schwelgend, ihre Muschi rieb. Ich verbot ihr aber zu kommen, bevor ihre Geschichte aus war.

Sie wollte aber nun endlich gefickt werden und beendete die Leckerei ihres neuen Liebhabers, der sie nun ordentlich durchrammeln sollte. Er dürfte sie ziemlich heftig hergenommen haben, da ihre Oberarme noch Tage später blau waren (was sie den Kindern mit Stolpern im Vaporetto erklärte...). Auf meine Nachfrage, ob sie heftig geküsst hätten, reagierte sie eher ausweichend – nehme mal an hier wollte sie nicht alles preisgeben.

Die quasi verbotene Situation machte sie so heiß, dass Sie sich tatsächlich bis zum Orgasmus ficken kam. Er war glücklicherweise standhaft genug, erst danach – leider nur ins Kondom – abzuspritzen.

Nun konnte sich meine geile Ehefrau nicht mehr halten und wichste sich immer heftiger. Fasziniert schaute ich zu, wie sie von der Erinnerung an ihre Taten den Kitzler immer heftiger rieb, bis sie endlich explodieren durfte. Sie brauchte einige Zeit, bis sie zu zucken aufhörte und wieder die Augen öffnete. Nun durfte sie auch meinen Saft in Empfang nehmen, den ich während ihrer Erzählung mühsam zurückgehalten hatte. So sah ich sie am liebsten – ausgewichst und angespritzt.

Besuch aus Paris

Im Herbst dauerte es dann wieder bis November bis alles für einige Wochen dichtmachte. So hatten wir noch den Herbst für unsere Suche nach dem einen oder anderen geilen Erlebnis, das uns dann wieder über dunkle Monate hinweghelfen würde.

Im September fand wieder mal eine E & L – Party statt die im Internetforum eigentlich viel Anklang fand. Wir meinten, dass alle ausgehungert waren und sich hier endlich wieder einiges ergeben könnte, wurden aber bitter enttäuscht. Viele potentielle Gäste hatten es sich im letzten Moment offensichtlich doch anders überlegt, so war der Besuch dann eher spärlich und bestand hauptsächlich aus Freunden der Gastgeber. Da war eher Smalltalk denn heiße Action angesagt, sogar unser alter

Bekannter M, diesmal mit Begleitung unterwegs, war von der Party alles andere als angetan.

Die Suche nach einem neuen Hausfreund (der bisherige war beruflich sehr eingespannt und kaum mehr greifbar) verlief wie immer ergebnislos. Jedoch erhielten wir eines Tages die Zuschrift eines attraktiven schwarzen Mannes, der immer wieder für einige Tage nach Wien kommt und uns bei seinem nächsten Besuch gerne kennenlernen wollte. Da unsere bisherigen Erfahrungen in dieser Richtung sehr positiv waren, konnte meine geile Ehefrau diesem Angebot nicht widerstehen.

Wir trafen uns dann einige Tage später in einem Lokal in der Nähe seines Hotels und unsere Erwartungen wurden nicht enttäuscht. A war durchaus ansehnlich – vielleicht etwas fülliger als am Foto, wo er sich beim Sport präsentierte – und auch durchaus eloquent. So gingen unsere Gespräche nach dem üblichen Smalltalk und dem Bedauern der derzeitigen Situation bzw. deren Auswirkungen auf unsere gemeinsamen Interessen bald in Richtung Aufbruch zum Hotelzimmer.

Dort wurden wir dann noch mit Getränken versorgt, ich machte es mir neben dem Bett bequem und harrte der Dinge, die nun endlich wieder mal passieren sollten. A war sehr angetan vom Körper meiner schon erwartungsfrohen und kribbeligen Ehefrau, besonders ihre großen Titten erregten ihn. Er war in derartigen Angelegenheiten offensichtlich sehr routiniert und eher dominant, so ließ er sich gleich einmal genüsslich den Schwanz und die Eier lutschen während er mit den Fingern ihre nasse Möse fickte. Das brachte sie einige Male an den Rand des Höhepunkts was er aber noch nicht zuließ. Dann hatte sie aber genug vom Vorspiel, stülpte ihm einen Gummi über und begann seinen Schwengel zu reiten. Dieser konnte größenmäßig zwar nicht mit denen unserer ersten Erfahrung mithalten, war aber durchaus annehmbar.

Er wollte aber auch ihren geilen Arsch genießen und nahm sie anschließend auch von hinten, zuerst am Bett, dann vor mir im Stehen. Es war herrlich, wieder einmal aus der Nähe zu sehen wie meine geile Ehefrau es genoss, was sie mir auch zusicherte während sie durchgestoßen wurde. Zum Abschluss kniete er sich über sie und wichste seinen Schwanz über ihr und zwischen ihren Titten während sie sich ihre Muschi zum wohlverdienten Orgasmus rieb. Dann durfte sie endlich seinen Saft auf ihrer Brust und kurz darauf meinen in ihrem Gesicht spüren. Stolz präsentierte sie uns dann mit einem glücklichen Lächeln ihren endlich wieder mal vollgespritzten Körper.

Ich durfte dankenswerterweise mit dem Handy mitfilmen, so haben wir noch länger was davon solange wir wieder auf Lockerungen warten müssen und unseren neuen Freund (oder andere) wieder treffen können.

Schluss (ist noch lange nicht)

Das waren nun die wichtigsten und lustvollsten Geschichten der letzten Jahre bis uns die bekannten Ereignisse einen Strich durch die Rechnung machten und weitere körpernahe Aktivitäten verhinderten. Ein paar Ideen hätten wir schon noch, Diese werden, falls wir sie auch umsetzen können, natürlich wieder festgehalten. Ich würde sie ja zu gern mal mittendrin erwischen oder beobachten ohne dass sie es mitbekommt. Sie einmal einem Paar zu übergeben, wäre auch sehr interessant. Vielleicht ergibt sich ja dann genug Stoff für einen zweiten Teil unserer Geschichtensammlung. Wir tun sicher unser Bestes, um noch einiges zusammenzubekommen.

Voraussetzung ist natürlich, dass man bald wieder entspannt und ohne Angst vor diesem hartnäckigen Virus neue Leute kennenlernen kann. Es gibt sicher noch einige und einiges zu entdecken nachdem es immer mehr derartige Veranstaltungen gibt.

Uns war zuhause natürlich auch nie langweilig, aber die geile Ehefrau sehnt sich schon danach, ihre glatte Muschi wieder mal anderen Leuten zeigen zu dürfen. Ich bin zwar ein dankbares Publikum, aber je mehr Zuschauer desto besser.

Wir hoffen natürlich auch, den einen oder anderen Leser (falls wirklich wer dieses Buch gekauft hat) mit unseren Geschichten auf den Geschmack gebracht zu haben. Die Erlebnisse waren eine Bereicherung für uns und unser Liebesleben und meist wert, es ausprobiert zu haben. Dazu durften wir viele interessante und nette Leute kennenlernen, die uns schöne Stunden bereitet haben und das hoffentlich auch bald wieder tun werden.

Also bis bald und traut Euch einfach!